LE CRI DE LÉA

JEAN-FRANÇOIS SÉNÉCHAL

Le cri de Léa

roman

LEMÉAC

Ouvrage édité sous la direction
de Maxime Mongeon

Photo de couverture : Luba V Nel/Shutterstock.com

Leméac Éditeur reconnaît l'aide financière du gouvernement du Canada par l'entremise du Fonds du livre du Canada pour ses activités d'édition et remercie le Conseil des arts du Canada, la Société de développement des entreprises culturelles du Québec (SODEC) et le Programme de crédit d'impôt pour l'édition de livres du Québec (Gestion SODEC) du soutien accordé à son programme de publication.

ISBN 978-2-7609-4215-8

© Copyright Ottawa 2012 par Leméac Éditeur
4609, rue d'Iberville, 1er étage, Montréal (Québec) H2H 2L9
Dépôt légal – Bibliothèque et Archives nationales du Québec, 2012

Imprimé au Canada

Pour tous ceux et celles qui crient,
qui font encore du bruit.

Début juin

L'homme titube dans un parc de la ville, les yeux rivés sur ses pieds pour ne pas regarder devant, plus loin, là où il n'y a rien pour lui. Un simple banc suffira pour qu'il se repose de la nuit, puis récolte quelques pièces. Et de nouveau regarde ses pieds qui se dédoublent, parfois.

L'homme contourne la fontaine, content d'être presque arrivé à destination. Son banc favori n'est pas loin. Mais voilà qu'il bute contre quelque chose qui se dresse sur son chemin. Les yeux baissés, il adresse quelques excuses aux jambes devant lui, qui doivent bien appartenir à quelqu'un. Pourtant, dans un sursaut de lucidité, il remarque que les deux membres longilignes ne sont humains qu'en apparence. Alarmé, l'homme lève enfin les yeux vers ce qui se tient debout devant lui, une créature improbable qui lui arrache un cri d'horreur.

Trébuchant, il s'enfuit le plus loin possible de cette chose dont il tente déjà de chasser l'image. Une barbe de fils barbelés. Des yeux en fonds de bouteilles. Un front raviné par l'angoisse. Et cette casquette, cette casquette crasseuse presque identique à la sienne. Sans compter la bouteille qu'il tenait à la main. Non, la chose n'était pas humaine, et pourtant. Pourtant, l'homme y a reconnu sa propre part d'ombre. Comme s'il s'était heurté au double monstrueux de lui-même. Une image déformée, peut-être, mais une image quand même de son âme éboulée. De son regard au ras du sol. De son destin tombé en pièces.

L'homme hurle dans le parc d'une ville au nom inutile. Il hurle pour fuir sa peur de lui-même. Il hurle même si la créature, dans le parc, est demeurée immobile, sans un mot. Même si, en vérité, elle était là pour lui dire de garder espoir.

Fin juin

Depuis trois jours, Léa est couchée dans son lit. Elle y est depuis si longtemps qu'elle a l'impression que son corps s'est soudé au matelas, aux couvertures en désordre. Aux oreillers détrempés, aussi. Le liquide provient de ses yeux, de l'eau salée, pleine de minéraux, abondante.

Léa pleure depuis trois jours son amour parti pour toujours. Elle sait que Théo ne reviendra pas, jamais. Il lui a dit « adieu », avant de lui tourner le dos et de s'éloigner. Mais il s'est retourné, une dernière fois, simplement pour lui lancer : « Bonne chance. » Comme s'il savait qu'elle en aurait besoin, de la chance, pour ne pas mourir de son abandon. Le jour même, elle ne s'est pas présentée au travail, son emploi d'été. Le lendemain, elle ne répondait plus au téléphone. Le surlendemain, elle ne sortait plus de sa chambre. Et ne parlait quasiment plus. C'est ainsi qu'en l'espace de trois jours, Léa a disparu de la surface de son monde.

Elle n'en peut plus de penser aux dernières paroles de Théo, aux dernières images, qu'elle repasse sans cesse dans sa tête, en boucle. Le seul moyen qu'elle a trouvé pour oublier, c'est la musique. Des sons, des notes, des mots qui remplacent sa douleur et le vide de l'absence. Alors, elle fait jouer les disques qu'elle a achetés pour presque rien. Des galettes de vinyle qui tournent sans cesse dans sa chambre, sur sa vieille chaîne stéréo. Elle replace le bras, encore et encore, pour que l'aiguille trace inlassablement son sillon musical.

Le son est fort pour déjouer ses pensées. Et ça marche, un peu. Elle pleure encore, mais par vagues, par averses dispersées. Comme s'il fallait qu'elle se vide de temps en temps, au risque de se noyer de l'intérieur.

La musique est si forte qu'elle devine à peine les coups portés sur sa porte. Elle relève la tête : la poignée tremblote. Quelqu'un essaie d'ouvrir. Léa baisse le volume pour savoir qui est à l'origine de cette tentative d'intrusion.

— Léa, je pars ! Tout va bien ?

C'est son père qui est là. Il ne sait rien de sa peine, il n'a rien vu, rien entendu. Rien deviné. Rien d'étonnant, selon Léa, et c'est très bien comme ça. Il part en voyage, encore. Elle ne sait pas où il va, mais ça n'a aucune importance, c'est bien le moindre de ses soucis.

— Ta grand-mère revient à la maison cet après-midi. Elle m'a dit qu'elle s'ennuie de toi à la campagne. Elle a hâte de revoir sa «jeune coloc», comme elle dit. Tu vas pouvoir te débrouiller jusque-là?

Léa émet un «oui» qu'elle espère pas trop déformé par la douleur. La poignée s'agite encore, mais sans succès. La porte est verrouillée.

— Tu ne pourrais pas me laisser entrer quelques minutes?

Absence de réponse univoque, face à laquelle son père abandonne déjà.

— Je serai de retour début septembre. Je vais t'appeler dès mon arrivée là-bas pour m'assurer que tout va bien. D'accord?

Silence.

— Tu vas faire bien attention à toi? Promis?

— Promis, énonce péniblement Léa, seulement pour qu'il parte au plus vite. C'est une promesse qui est tout sauf une promesse.

Bruits de pas qui s'éloignent, enfin. Léa monte le volume, mais le souvenir de Théo la submerge de nouveau. Alors ses pleurs reprennent de plus belle, débordants, mouillant ses cheveux et ses oreillers qui, à ce rythme, ne sécheront jamais.

———

Pendant que Léa se liquéfie dans son lit, Pierre est dans la ruelle, pas loin. Il fouille les poubelles en quête d'objets fabuleux, de trésors jetés. Le fond de ruelle est son fond de mer à lui. C'est là qu'il plonge tous les jeudis pour en soutirer son or, enfermé dans le plastique ou le carton. Il ne se déplace jamais sans son chariot où s'accumulent ses précieuses trouvailles, de bric et de broc.

Les gens qui croisent Pierre le prennent pour un vagabond. Ils ne savent pas que c'est un prince, riche en bouts de ferraille, en morceaux de porcelaine ébréchée, en appareils électriques brisés, en ustensiles tordus. Ils ne savent pas non plus ce qu'il fabrique avec tout ça. Y ont-ils seulement déjà pensé ? Mais ça lui est bien égal. Même que ça vaut sans doute mieux ainsi. Tout deviendrait plus compliqué si les gens savaient, s'ils savaient qui il est vraiment.

Pierre s'arrête au bas d'une fenêtre ouverte, au deuxième étage. De la musique en sort, tonitruante. Elle lui rappelle une autre époque, lorsqu'il était jeune et beau. Bon, peut-être pas si beau que ça, mais pas encore meurtri et sali, abîmé par le temps. Il fredonne cette chanson de Velvet Underground dont il ne se rappelle pas le titre. Il prend une pause musicale au milieu de la ruelle.

———

Léa se remet à peine de ses derniers pleurs que la catastrophe survient : la musique s'arrête, sans crier gare. Léa se jette sur sa chaîne, tourne les boutons, la secoue pour lui redonner vie. Rien n'y fait. Quelque chose a rendu l'âme dans ce tas de circuits électroniques, de filage et Dieu sait quoi encore.

Léa émet une série de «non», dont l'intensité va grandissant, au même rythme que son désespoir. Elle refuse le silence qui risque de l'anéantir. Ses souvenirs sont là qui la guettent, embusqués, prêts à mordre. Puis c'est la colère qui l'envahit et qui la pousse à la violence. Celle de la proie prise au piège qui, au dernier moment, est prête à se défendre contre la mort.

Alors c'est un cri rageur qui s'échappe de Léa, un cri qui remplace la musique. Elle s'attaque à sa chaîne stéréo, coupable de son tourment, coupable de tout cet insupportable silence. Oui, c'est une méchante bête qui mérite ses coups. Léa arrache les câbles de l'appareil, le jette par terre, y saute à pieds joints.

Toujours en criant, elle prend le lourd amplificateur, le soulève et se précipite vers la fenêtre ouverte.

———

Pierre a entendu la musique s'arrêter, puis le cri de Léa. Un cri terrible qui le cloue sur place. Un cri de fin du monde. C'est alors que l'idée lui vient, la nouvelle idée qu'il cherchait. Une Idée avec un «I» majuscule. Le genre d'idée qui ne survient pas souvent, et souvent par hasard. Souvent pas du tout.

Il faut savoir que Pierre est un artiste. Il fabrique des créatures avec des objets trouvés. Elles ont des bras en lampes articulées, des yeux en cadrans de montres, des têtes en pièces de moteur, des pieds en chaudrons, des viscères en ressorts. Ce sont des êtres chimériques qui ressemblent un peu aux gens de sa ville, du moins ceux qu'il côtoie dans la rue, dans les parcs : brisés, défaits, rafistolés.

La nuit, il les libère. Elles se retrouvent debout au coin des rues, assises sur les monuments, couchées sur les bancs. Ce sont des créatures seules, vulnérables. D'ailleurs, elles sont toujours rapidement emportées par les travailleurs de la ville, éconduites, puis jetées d'où elles viennent : aux ordures. Mais Pierre recommence toujours. Pourquoi s'arrêter ? La solitude a-t-elle une fin ? Et la douleur ? Et le besoin de parler au monde de cette même solitude, de cette même douleur ?

Pierre sait que les journaux commencent à s'intéresser à ses sculptures. Mais qui donc les fabrique, se demande-t-on ? C'est un mystère qui commence à intriguer et à se répandre. Même la police s'est mise à sa recherche, lui reprochant d'effrayer le badaud et de ne pas avoir les permis nécessaires. *Des permis pour créer!* se moque Pierre. *Des permis pour faire dire et faire voir!* Alors Pierre se fait encore plus discret. Il ne veut pas être démasqué, questionné, de peur que son passé ne ressurgisse dans la lumière. Et qu'on découvre qui il est vraiment. Ou plutôt qui il était, avant.

Mais en ce moment, Pierre ne pense pas à tout ça. Il ne fait que crier sa joie. Il est si heureux qu'il s'invente un dialogue intérieur. C'est un échange pour dire son idée, la nommer haut et fort, ne serait-ce que pour lui-même. À défaut de mieux.

— Pierre, quelle est donc cette nouvelle idée qui te comble de joie?

— C'est le cri!

— Le cri?

— Oui, le cri.

— Explique-toi, s'il te plaît.

— Mes créatures étaient muettes, elles ne le seront plus.

— Tu fais référence à tes sculptures humanoïdes qui essaiment dans la ville depuis quelque temps, n'est-ce pas?

— Oui.

— Alors tes... créatures parleront.

— Non, elles crieront.

— Elles crieront comment? Elles crieront quoi?

— Tu verras bien.

— Tu es bien mystérieux.

— Tu es bien curieux.

— Tu ne veux rien me dire?

— Je ne peux pas te dire ce que je ne sais pas encore.

— Alors tu ne sais pas ce que tes créatures diront.

— Non.

— Quand le sauras-tu?

— Quand j'entendrai leurs cris, bien sûr!

Pierre est énigmatique. Parfois pour lui-même. Mais peu importe, l'heure est à la fête. Une fête qui ne se terminera pas comme il l'a prévu, cependant. Alors qu'il lève la tête vers l'origine de son idée, il voit cette chose en bondir. Un objet rectangulaire, noir, lourd. Pierre n'a pas le temps de reculer: l'amplificateur lancé par Léa le percute violemment.

Pierre s'effondre, l'esprit éteint. Il reste immobile, alors que du sang s'écoule de sa tête. Alors que Léa continue de crier furieusement, ignorant tout du drame qui se joue au même moment dans la ruelle.

———

À quelques mètres de là, quelqu'un a tout vu, tout entendu. C'est William, un jeune réfugié de 14 ans. Il a quitté son pays quelques mois plus tôt, après y avoir vécu des événements qu'il voudrait tant oublier. Bien malgré lui, il ressasse sans cesse les souvenirs que lui a laissés un spectacle de fin du monde. Ce sont des souvenirs qui ne le quittent plus, comme si William n'était jamais parti de là-bas. Dans la ruelle où il marche, il voudrait déjouer sa mémoire, jeter ses souvenirs aux ordures pour ne plus ruminer son passé.

William aperçoit tout d'abord le vieil homme qui s'agite en criant. Le jeune Noir s'arrête, pas sûr de la bonne chose à faire. L'homme lui donne l'impression d'être un vagabond possédé par un esprit, chevauché par quelque divinité de l'autre monde. William ne croit pas si bien penser, parce que Pierre est possédé par son Idée, pour lui aussi vivante et fantastique qu'un *loa*.

Plutôt que de tourner les talons, William se déplace derrière un amoncellement de poubelles. Il regarde l'homme effectuer une danse étrange, le corps agité de soubresauts, les cheveux fous, le paletot virevoltant. *Un puissant esprit, ou un esprit dérangé*, hésite William. C'est à ce moment qu'il entend cet autre cri qui se mêle à celui du vagabond. Un cri féminin, de toute évidence. C'est le cri de Léa, mais William ne le sait pas.

Il cherche l'origine de ce cri, sans succès. *Est-ce le hurlement d'un esprit? Celui qui possède le vieil homme, peut-être?* William n'est pas plus superstitieux qu'un autre, mais cette fois, il ne sait comment interpréter ce qu'il entend, et surtout ce qu'il ne voit pas. Soudain, il aperçoit l'objet sortir de la fenêtre et percuter le vagabond. Le cri expire alors même que le vieil homme s'écroule au sol. Ne reste plus que cet autre cri qui, comme le comprend William, provient de la fenêtre ouverte. De cette même fenêtre d'où est sorti le lourd objet contondant.

Contre les esprits, on ne peut rien faire, ou presque. Mais pas contre les êtres humains qui expulsent des appareils électroniques par les fenêtres. Vite, William s'empare de son cellulaire. Toujours dissimulé derrière un tas de poubelles, il appelle le 911. Jusqu'à l'arrivée des secours, il restera caché. Pas question d'approcher cette fenêtre, derrière laquelle se trouve un individu peut-être aussi redoutable qu'un esprit vaudou.

On cogne à la porte arrière. Avec ses cris, Léa tente d'étouffer tout ce bruit qui se fait de plus en plus insistant. Elle distingue aussi une sirène qui, bientôt, hurle plus fort qu'elle. C'est celle de l'ambulance qui vient au secours de Pierre. Alors Léa pousse à fond ses cordes vocales. Elle désespère d'endiguer ce chaos sonore qui vient de l'extérieur. C'est pour toutes ces raisons qu'elle n'entend pas ce qu'on lui dit, de l'autre côté de la porte :

— Police, ouvrez !

Elle n'entend pas non plus la porte d'entrée qui cède sous l'épaule d'un policier. C'est bientôt au tour de la porte de sa chambre, qui s'ouvre à la volée grâce à un puissant coup de pied. Voyant deux policiers surgir devant elle, l'arme au poing, Léa est prise de panique. Son cri est maintenant un hurlement de terreur, sur fond de détresse amoureuse. Elle recule dans son lit, jusqu'au mur.

— Calmez-vous, mademoiselle ! lui lance le plus petit des policiers. Une policière, pour être plus précis.

Mais Léa n'entend rien, assourdie par son propre cri. Lentement, l'homme s'avance vers Léa, en même temps que sa collègue. Ils ont rengainé leur arme, voyant bien qu'ils n'ont affaire qu'à une adolescente perturbée. Ils tentent encore une fois de lui faire retrouver la raison avec des mots apaisants, mais rien n'y fait. Léa ne répond plus d'elle-même. Elle est devenue sourde à la raison.

Bientôt, les mains des policiers s'emparent de Léa qui hurle, qui se débat, le corps convulsé, les vêtements en désordre. On pourrait presque penser qu'elle est possédée. Mais une possédée de la peur, cet esprit puissant des condamnés.

Quelques minutes plus tôt, William voyait les policiers arriver dans la ruelle, le pistolet à la main. Il a reculé d'un pas, par instinct. Les armes sont sa bête noire, son cauchemar éveillé. Il s'en méfie depuis toujours, mais surtout depuis ce jour… Surtout depuis ce jour qu'il aimerait tant oublier, dont il voudrait supprimer le souvenir.

Après avoir repéré Pierre, gisant dans une flaque de sang, les policiers s'en approchent. Ils constatent la présence de l'amplificateur près de lui : l'arme du crime. Par habitude, ils s'interrogent pour eux-mêmes sur le motif du forfait.

Crime passionnel ? Étant donné l'âge, l'accoutrement et l'odeur de la victime, ce serait plutôt étonnant.

Cambriolage qui a mal tourné ? L'amplificateur ne valait rien, c'est évident, même avant qu'il ne percute la tête de l'homme.

Puis il y a ce cri qui, redoublant de puissance, conduit leurs pensées sur d'autres voies : folie, erreur sur la personne, démence ? Il manque pourtant une variable importante à l'équation : le hasard, ou la malchance, tout simplement.

Le policier prend le pouls de Pierre. Son cœur bat encore, la mort n'a pas frappé. Pas encore. De nouveau, il balaie la ruelle du regard pour réévaluer la sécurité du périmètre. C'est à ce moment que William s'arme de courage et sort d'entre les poubelles.

— On ne bouge plus! crie le policier en l'apercevant, l'arme pointée sur lui.

— Les mains derrière la tête! commande la policière.

William s'exécute.

— Ne tirez pas! C'est moi qui ai appelé la police. J'ai tout vu! L'objet est tombé de la fenêtre, là, au deuxième. Et puis il y a cette personne, derrière la fenêtre, qui crie depuis que je suis arrivé dans la ruelle. Mais l'homme criait aussi, je veux dire la victime, le vagabond. Il criait de joie.

— De joie? répète la policière, pas certaine d'avoir bien entendu.

— Oui, de joie. Au début, j'ai pensé qu'il était possédé.

— Comment ça, possédé?

— Vous savez, possédé par quelque chose, une force, un esprit.

— Je vois, oui, soupire-t-elle.

— Et puis j'ai vu l'appareil tomber sur sa tête. Ensuite je vous ai appelés.

— Combien as-tu entendu de voix, là-haut?

— Une seule.

Pendant ce temps, l'ambulance fait son arrivée, d'autres voitures de police aussi. Une fois le périmètre bouclé, les deux agents peuvent se déployer.

— C'est bon, lance la policière. On y va.

Toujours l'arme au poing, tous deux montent l'escalier extérieur de chez Léa. Pour sa part, William doit rester où il est, serré de près par un autre policier. Toute cette agitation lui fait revivre de bien sombres souvenirs. Précisément ceux dont il voulait se libérer en venant dans la ruelle.

―――――

Léa s'est enfin calmée. Le cri tari, elle accepte de suivre les deux policiers hors de chez elle. Ces deux-là ont bien essayé de la faire parler, mais peine perdue. Léa n'a pas compris leurs questions, leur histoire d'homme blessé. En fait, Léa ne veut rien entendre. Elle fait la sourde oreille, se replie sur elle-même. Elle coupe les ponts avec le monde extérieur, le refuse, l'envoie paître en silence. Non, Léa n'entend plus, ne parle plus.

Les policiers la conduisent au poste pour qu'elle y soit interrogée. Avant tout, on doit déterminer si les forces de l'ordre ont affaire à un crime ou à un accident. On installe Léa dans une salle où ne se trouvent qu'une table, quelques chaises et un grand miroir sans tain. Le sergent-détective Constant lui pose des questions, encore et encore, sans obtenir la moindre réponse. Installée de l'autre côté du miroir, une psychologue est là. Appelée à la rescousse, elle voit bien que la jeune fille est en état de choc.

Lorsqu'on lui permet enfin d'intervenir, elle s'assoit face à Léa. Sans un mot. Ensuite, elle allume une radio qu'elle a amenée avec elle. On y entend The Cure y distiller son spleen romantique. Instinctivement, Léa lève la tête. Elle identifie l'origine du son, puis découvre la personne qui se trouve là, devant elle. Voilà, le contact est fait. C'est le moment de tenter une entrée en matière.

— Nous avons essayé de communiquer avec tes parents, mais nous n'avons pas eu de réponse. Peut-être qu'une autre personne pourrait venir te chercher. Comme un membre de ta famille, une amie… ou un petit ami. Un amoureux.

La psychologue a insisté sur ce dernier mot. La réaction est immédiate. Léa se trouble en pensant à Théo. La stratégie du petit ami est la bonne, se convainc la psychologue. Elle décide donc de pousser plus loin, en bluffant.

— Tu sais, nous sommes sur le point d'appeler un garçon qui, je crois, est important pour toi. Nous avons trouvé son numéro et…

Léa est catastrophée. Elle agite la bouche, interdite, sans qu'un son en sorte. Elle s'est comme réveillée de son marasme. Désengourdie, en quelque sorte, par l'affolement.

— D'accord, je comprends. Si tu y tiens, nous n'allons pas l'appeler. Mais tu devras par contre répondre à mes questions. C'est d'accord?

Léa est sur le point de s'effondrer. Non, personne ne doit communiquer avec Théo. Et, non, elle ne peut pas parler. C'est trop difficile, c'est trop, tout court.

— J'ai apporté ceci pour t'aider, dit la psychologue.

En disant cela, elle glisse vers Léa un calepin et un crayon.

— Tu n'as pas à parler si tu ne veux pas. Personne ne t'y oblige. Tu n'as qu'à faire «oui» ou «non» de la tête. Ou bien écrire tes réponses. Ça te va?

Léa acquiesce. La psychologue se tourne vers le miroir, derrière lequel se tient le sergent-détective Constant. Elle lui fait signe de venir. L'interrogatoire peut commencer. Un interrogatoire sur les désespérances amoureuses quasi meurtrières de Léa.

———

William a vu les ambulanciers s'affairer autour de Pierre, puis l'installer sur une civière. L'ambulance est partie à toute vitesse, la sirène tonitruante. Une flaque de sang est restée sur l'asphalte de la ruelle.

William se demande si quelqu'un va la nettoyer, pour effacer les traces du drame. À moins que ce ne soit simplement le temps qui ne la fasse disparaître, à coups d'averses et de voitures passant par là. *Peut-être que ce sera la même chose pour mes souvenirs,* se dit-il. *Le temps doit passer pour me les faire oublier, comme passent les saisons et les pneus des voitures.*

William pense à tout ça pendant qu'il répond aux questions du sergent-détective Constant. Il voit le travail des ambulanciers derrière le policier en civil, ce qui n'est pas sans le déconcerter. Mais voilà qu'il se tait complètement lorsque Léa sort de la maison, escortée par les deux policiers. Même qu'il étire le cou pour mieux voir la folle furieuse qui ne crie plus.

William est estomaqué. Il s'attendait à tout, sauf à ça : une fille de son âge, menue, tremblante. Il voit mal son visage, penché et caché par ses cheveux, fermé pour de bon.

— On peut continuer ? demande le policier à William.

— Pardon ?

— Je peux poursuivre avec mes questions ?

— C'est la fille, là, qui a lancé l'appareil par la fenêtre.

Le sergent-détective Constant se retourne pour voir l'interpellée.

— Une fille si jeune et si menue ?

— C'est étonnant, non ?

— Parfois, les émotions font faire des choses étranges.

— Comme blesser des gens, ou les tuer.

— Ça arrive, oui.

Léa est menée jusqu'à la voiture de police. Elle y monte sans résistance, le corps docile.

— Elle est comme morte, remarque William pour lui-même.

— La crise est terminée, ajoute le policier.

— Son cri aussi. Un cri terrible. Un cri de possédée.

Le cri d'une possédée de l'amour. Mais ça, William ne le sait pas encore.

Une semaine plus tard

Chancelant, le destin de Pierre a hésité entre la vie et la mort pendant quelques jours. C'est son Idée qui l'a sauvé. C'est du moins ce qu'il en est venu à penser grâce à Matilda, une infirmière des soins intensifs.

Depuis que Pierre est arrivé à l'hôpital, Matilda l'entend murmurer, dans son délire comateux :

— L'Idée, l'Idée, l'Idée…

Lorsqu'il revient enfin à lui, l'infirmière le questionne, curieuse.

— Monsieur Pierre, c'est quoi l'idée ?

— De quoi parlez-vous, mademoiselle ? Des idées, il en existe des millions ! Des bonnes et des moins bonnes…

— Vous parliez d'une idée pendant votre… sommeil. Une idée qui semblait vous tenir à cœur. Qu'est-ce que c'est ?

— Ah ! Ça ! Une idée monstrueuse, ma petite ! Une idée de fou. Une idée pour crier. Une de celles qui vous renversent quand elles passent, qui vous illuminent de leur évidence, qui vous donnent une force nouvelle! Vous voyez ce que je veux dire?

— Non, pas du tout. Mais peu importe, ajoute-t-elle, parce que l'important, c'est que votre idée vous a peut-être sauvé la vie. Vous sembliez tellement y tenir!

L'infirmière quitte la chambre, laissant Pierre pensif.

Un policier le sort bientôt de sa réflexion. C'est le sergent-détective Constant, chargé de l'affaire. Il annonce à Pierre qu'il doit décider quand il parlera à un avocat pour le procès.

— Quel procès? Qu'est-ce que j'ai fait, encore? demande-t-il.

— Pas votre procès, celui de l'accusée.

— Qui est-il?

— Qui est-elle, vous voulez dire. Léa Boudreau, 15 ans. Elle vous a balancé un amplificateur par la tête alors que vous étiez dans la ruelle.

— Oui, je me souviens! Mais pourquoi elle a agi comme ça? Je lui avais fait quelque chose?

— Non. État de choc après une rupture amoureuse.

— Ce n'est pas de ma faute, alors.

— Mais non, voyons! Cessez de penser que tout est de votre faute. Vous n'y êtes pour rien. Vous étiez au mauvais endroit et au mauvais moment, c'est tout.

— Oui, ça je connais. Cette phrase pourrait résumer les dernières années de ma vie.

— Alors, pour l'avocat?

— Je n'en veux pas.

— C'est gratuit, vous savez.

— Je ne vais pas porter plainte.

— Et pourquoi donc? Vous pourriez en tirer un dédommagement.

— C'est cette jeune fille qui m'a inspiré l'Idée.

— Quelle idée?

— Une idée monstru... Une idée pour mes... Une idée pour trouver de l'aide, une idée pour m'en sortir.

Pierre s'est arrêté à temps. Il a failli avouer au policier qu'il est l'artiste le plus recherché de la ville.

— C'est cette idée qui m'a sauvé, vous savez, continue-t-il. C'est l'infirmière qui me l'a dit. Alors je ne vais pas m'en prendre à celle qui me l'a inspirée!

Le policier finit par quitter Pierre, décontenancé. *Vieux fou!* pense-t-il en sortant de sa chambre. Mais bon, l'affaire est classée, il peut passer à autre chose.

Le soir même, Pierre s'enfuit de l'hôpital. Ses créatures l'attendent.

———

C'est la grand-mère de Léa qui est venue la chercher au poste de police. Elle y a trouvé sa petite-fille muette et plus fermée que jamais. Elle a tout de suite compris ce qui n'allait pas. Les douleurs de l'amour, elle connaît. Avec un mari décédé trop tôt, et puis un enfant mort en bas âge. Un accident. Un accident stupide, comme ils le sont tous.

Jeanne n'a pas beaucoup parlé pendant le retour à la maison, ni après, d'ailleurs. Jeanne n'a pas non plus appelé le père de Léa. Inutile. Il n'a jamais vraiment été là pour elle, alors son absence va presque de soi. Il n'y comprendrait rien, de toute façon. A-t-il déjà compris quelque chose à l'amour?

Donc, ne pas brusquer les choses, pas en ce moment. Elle peut très bien s'occuper de Léa. Après tout, elle en a l'habitude. Tout d'abord, la prendre dans ses bras. Léa est une petite bête blessée qu'elle tient contre elle, tout contre elle. L'adolescente se laisse faire, comme lorsqu'elle était enfant, sans volonté propre, enfouie dans la chaleur des bras qui l'enlacent.

Jeanne lui fredonne des chansons, aussi, vieilles comme les champs de sa jeunesse. Et d'autres chansons encore, celles qui ont meublé les différents âges de sa vie. Léa était encore au berceau qu'elle les lui chantait déjà. Plus précisément depuis le départ de la mère de Léa, ailleurs, loin. Jeanne avait repris la relève, aux côtés d'un père décontenancé, égaré. Elle était venue offrir son aide pendant quelques jours, mais elle n'était jamais repartie. Cela faisait quinze ans que Jeanne habitait avec Léa et son père.

Jeanne fredonne des chansons à sa petite-fille, comme elle l'a toujours fait. Léa s'y glisse et s'y oublie. Ces chansons, c'est son paratonnerre, son scaphandre. Sa grand-mère remplace sa musique, comme celle-ci remplaçait tant bien que mal sa grand-mère lorsqu'elle partait à la campagne. Mais maintenant, Léa est de retour à l'origine de la sécurité et de l'amour. Alors sa chaîne stéréo lui est bien inutile. Du moins jusqu'à ce qu'elle doive s'éloigner de nouveau de la voix, des gestes tendres de Jeanne.

———

William revient tout juste des ruelles, ce derrière des choses dissimulé et secret. Malodorant aussi. Il y a déambulé au hasard, toujours avec cet espoir d'y égarer des souvenirs encombrants. Par contre, il a évité de passer par la ruelle où il fut témoin du drame. La ruelle des désespérés, des possédés. Des jeunes filles meurtrières.

De retour dans la rue, le verso des choses, William s'arrête devant un commerce. Ou plus précisément devant un livre, derrière une vitrine. Sur la page couverture se trouve un homme qui se tient la tête, en criant. Autour de lui : des volutes de couleur qui tourbillonnent. Au-dessous de l'image, il peut lire : *Le cri pictural.* Comme hypnotisé, William entre dans la librairie.

Tiens, la librairie n'en est pas vraiment une. Ou bien elle n'est pas que ça, avec ces disques partout. William repère le commerçant et se dirige vers lui.

— Je voudrais voir le livre, s'il vous plaît.

— Lequel ?

— Celui qui crie. Je veux dire le livre qui parle du cri.

— *Le cri pictural* ?

— Oui, c'est ça.

Le commerçant esquisse un sourire en allant chercher le livre. Le lui remet. Au comptoir de la caisse, William feuillette avidement l'ouvrage. Il y voit des hommes et des femmes, des enfants, des animaux. Parfois des êtres difficilement identifiables. Tous ont un cri à la bouche ou à la gueule, beuglant, braillant, vociférant. Certaines images sont aisées à déchiffrer, d'autres beaucoup moins.

Il s'arrête pour lire un extrait du texte :

La bouche n'est pas le cri, mais son signe pictural le plus évident. Le cri est une extension invisible, insonore, de l'orifice oral, et pourtant c'est le cœur de l'œuvre, sa raison d'être…

William n'est pas sûr de tout bien comprendre, mais ça l'intrigue. C'est comme une langue secrète qui tente de lui dire quelque chose.

— Ce livre t'intéresse? demande le commerçant.

— Oui, je crois…

— Je peux savoir pourquoi?

— C'est comme s'il voulait me dire quelque chose.

— Ou te le crier, ose l'homme en souriant.

— Peut-être bien.

— Je te le donne.

— Pardon?

— Je te donne le livre.

— Mais… mais pourquoi?

— Je vais bientôt partir et tout ça n'aura plus d'importance.

Il a prononcé ces mots en levant le bras vers les amoncellements de livres et de disques qui l'entourent. William n'ose pas lui demander où il s'en ira comme ça. Peut-être redoute-t-il la réponse.

L'homme sourit et William quitte le magasin, le gros livre avec lui.

— Merci, dit le commerçant, en sachant que William est déjà trop loin pour l'entendre. Merci d'être passé.

Les jours suivants

Pierre se déplace un magnétophone à la main et un gros bandage autour de la tête. Et des bosses, des coupures sur le crâne. Et des coups, des douleurs dans la cervelle, qui le torturent à l'occasion. Mais peu importe l'état de sa caboche, Pierre va de l'avant avec son Idée.

Il visite des amis, la nuit. Les parcs publics sont ses nouvelles terres d'exploration. Il y trouve des hommes et des femmes perdus, qui hurlent à la lune.

« Dieu, pourquoi tu m'as fait ça ? Explique-moi, merde ! »

Parfois, ils se brouillent avec fracas. L'alcool y joue pour beaucoup. D'autres substances aussi, qui leur font dire, qui leur font faire toutes ces choses. Drôles ou moins drôles, effrayantes parfois.

« Je vais te tuer ! Écœurant ! »

Pierre est toujours à l'affût, un doigt sur le cercle rouge de la touche « Enregistrer ». Il se rend aussi dans les ruelles, encore. Il y accède aux paroles de l'intime, aux impulsions du sentiment, violentes, expiatoires, repentantes.

«Je m'excuse! Tu m'entends? Allez, ouvre la porte!»

Il y enregistre des paroles, des cris, qui sont parfois comme des balles perdues. Des projectiles vocaux adressés à des absents qui ne peuvent les recevoir, les entendre. Pierre est là pour les faire siens, ces cris, ces paroles, ces borborygmes de la bouche qui expriment toute la palette des passions. Même barbouillées, même confuses.

«Aaahaagglaaaammma!»

Mais il y a aussi les paroles de l'amour, les sons aussi. On se déchire pour se raccommoder. On s'aime pour vivre plus fort. Avec éclat, avec douleur. Sinon, ce ne serait pas exaltant.

«Je t'aime, Amélie, je t'aime!»

Pas rancunier, Pierre est même retourné sous la fenêtre de Léa. Il pensait y enregistrer du matériel de premier choix, mais non, rien. Pas un son ne sortait de la fenêtre ouverte. *Une prochaine fois, peut-être*, pense Pierre, déçu, en s'éloignant.

———

Léa ne s'éloigne pas trop de sa grand-mère. De sa chambre, elle peut l'entendre qui s'active dans la cuisine. Jeanne s'est mise aux fourneaux avec l'intention de faire reprendre des forces à la convalescente de l'amour. À coups de beignets, de tartes et de gâteaux au chocolat. Au diable les menus santé. Pour le moment, du moins.

Léa a trouvé un lecteur de disques compacts qui traînait dans une armoire. Et les disques qui vont avec. Léa commence sérieusement à regretter son cellulaire, qui lui servait aussi de lecteur MP3. Elle l'a fait éclater contre un mur dans un excès de fureur, lorsque Théo ne lui retournait plus ses appels.

Étendue sur son lit, Léa est avec son chat. Un mâle, noir et blanc, encore jeune et dégourdi. Il ronronne sous la caresse de Léa qui ne pense à rien d'autre. Avec lui, nul besoin de parler, que des gestes chauds et gratuits. Avec Ulysse, c'est le réconfort des sens, l'oubli de soi. Et la musique n'a qu'à faire le reste.

En ce moment : Jacques Brel. Ses chansons remplacent ses maux de l'amour par les mots de l'amour. À son mal, elles substituent l'émoi des autres. Léa devient Jacques. Théo devient Mathilde, Madeleine, Marieke. Léa se transforme en personnage, Théo aussi. Sa douleur n'est plus sa douleur. C'est ce dont elle se convainc, jusqu'à ce qu'elle s'endorme enfin, le soir venu.

Les caresses de Léa ont cessé, ses yeux se sont fermés. Pour Ulysse, le moment est venu. Il se lève, s'étire et quitte la chambre. Dans la cuisine, Jeanne lui ouvre la porte arrière. Le chat souhaite sortir, ignorant que ce sera sa dernière nuit. Parce que la liberté a un prix pour les chats de ruelle.

———

Le livre fascine William. Tous ces cris qui se succèdent, d'une page à l'autre. Des cris de peur, d'angoisse, de colère, de désespoir, d'amour. Des cris de douleur, d'incrédulité, de joie, de malheur, de folie. Tous si différents et pourtant si semblables : c'est le bruit de la vie, tout simplement.

Les souvenirs de William sont pleins de bruit, eux aussi. Des cris qui l'obsèdent et qui le réveillent la nuit, en sueur. Il se rappelle tous ces hurlements qui venaient de partout, pendant longtemps, trop longtemps. Jusqu'à ce qu'ils ne soient plus que des gémissements. Des cris qui ne voulaient pas se taire.

William tente de décrypter le texte du livre, comme s'il pouvait y trouver des réponses. Ses questions sont à peine esquissées, encore informes, mais il cherche quand même. Une piste, une façon de mieux comprendre pourquoi. Pourquoi toute cette douleur, toute cette violence.

Le cri possède en lui l'universalité de son expression. Bien que ses manifestations renvoient à une variabilité psychologique et culturelle considérable, il demeure en deçà de tout langage articulé. La représentation plastique du cri implique par conséquent une référence nécessaire au caractère primordial de l'humanité. Le cri ramène l'humain dans le giron de son animalité...

William repense à celui qui lui a donné le livre. Il faudrait bien qu'il retourne le voir, bientôt, pour le remercier. Il a oublié de le faire en partant du magasin, en vitesse, comme un voleur. Et il devra faire vite avant le départ de l'homme. Ne lui a-t-il pas mentionné qu'il quitterait bientôt son magasin ? Une fermeture, peut-être. Ou autre chose. Oui, il faudrait bien qu'il retourne le voir bientôt, l'homme aux livres qui partira.

Mi-juillet

Pierre s'est retiré dans son antre, loin des regards indiscrets, dans une zone presque abandonnée de la ville. Non, Pierre n'est pas un vagabond. À la différence de ses amis sans-abri, Pierre possède un toit, des murs et tout le nécessaire pour rester au chaud et au sec. Et surtout pour concevoir ses monstres, amasser le matériel qu'il trouve dans les ruelles.

Au milieu de tout ce bazar, Pierre est là, penché sur son attirail à créatures. Ça fait trente-six heures qu'il ne dort pas, tentant de mettre en œuvre son Idée. Il manipule du matériel qu'il doit apprendre à connaître, celui qui peut donner une voix à ses sculptures. Il doit aussi intégrer ce matériel électronique, greffer tous ces fils, ces haut-parleurs, ces bandes enregistrées. L'opération est délicate : l'artiste ne veut pas dénaturer ses créatures. Elles doivent demeurer belles à leur façon. Du moins au goût de Pierre.

Et puis, après une nouvelle nuit de travail, ça y est, son premier rejeton hurlant est né.

Pierre se recule pour mieux l'admirer, dans la lumière crue d'une ampoule. Il s'approche de lui et, le doigt tremblant, appuie sur une touche bien dissimulée. Voilà l'être nouveau qui crie, qui s'égosille dans l'endroit qui l'a vu naître, le ventre de sa création.

« Pourquoi tu as fait ça ? Tu es un monstre ! » Ces deux phrases, hurlées, en boucle.

Pierre sourit en mettant les mains sur ses oreilles. C'est parfait ! Son Idée s'est enfin faite réalité palpable… et audible ! Il est si heureux qu'il danse dans son atelier secret, toujours les mains sur les oreilles. Il danse avec entrain, sans craindre que quelque chose ne lui tombe sur la tête.

Mais trêve d'effusions. Le soleil n'est pas encore levé, alors il est encore temps. Il réduit sa sculpture au silence, puis l'installe dans un chariot spécialement conçu. Un chariot qui gardera son chargement incognito jusqu'à destination.

Voilà, la porte est ouverte, Pierre s'élance dans le petit matin, la créature à sa suite.

Place au bruit de la douleur, le son de la misère !

———

Léa a trouvé le courage de sortir de chez elle. Mais cela ne veut pas dire qu'elle soit guérie de l'amour, tant s'en faut. Seulement, ses disques ont perdu de leur efficacité. Usés jusqu'à la corde, trop écoutés, ils ne la soulagent plus de son tourment. L'habitude a dilué sa morphine musicale. Léa a besoin de nouveaux disques, de nouvelles doses, alors elle presse le pas, les écouteurs sur les oreilles.

Elle regarde le sol quand elle passe près du parc. Celui où ils se sont embrassés pour la première fois, elle et Théo. Elle ne regarde pas, ne veut pas y penser. Elle se concentre sur les ironies amoureuses que lui chantent Belle & Sebastian. Vite, elle doit tenir jusqu'au magasin.

Elle entre au Monde pour soi et referme la porte derrière elle en soufflant, comme si elle était poursuivie. Léa se dirige ensuite vers les bacs où sont rangés les disques. La main incertaine, elle cherche quelque chose, sans savoir quoi précisément. Elle ne connaît pas tous ces artistes, ces enregistrements. Lesquels choisir? Elle ne peut quand même pas prendre n'importe quoi. Non: trop risqué. Ce doit être efficace, quand même, pour la soulager. De la bonne marchandise.

Désemparée, elle n'entend pas David qui l'interpelle. La trentaine et les yeux vifs, malgré une mine fatiguée, David est le propriétaire du Monde pour soi. L'adolescente lui semble troublée, alors il répète sa question: «Je peux t'aider?» Mais Léa ne perçoit rien, derrière ses écouteurs.

David se rend près d'elle, assez proche pour qu'elle puisse l'entendre :

— Tu cherches quelque chose en particulier ?

Léa sursaute avant de se figer, interdite.

David lui fait signe d'enlever ses écouteurs. Léa s'exécute après un moment d'hésitation.

— Je peux t'aider à trouver quelque chose ?

Léa fait non de la tête, puis se ravise. Peut-être est-ce la solution, après tout. Comment faire, sinon ? La panique est déjà là, embusquée derrière la tâche qui l'attend. Alors elle acquiesce, même si elle regrette aussitôt son geste. Comment lui expliquer sans rien dire ? Comment lui faire comprendre sans les mots ? Mais David n'est pas prêt à laisser tomber. Il devine la douleur de Léa. Et le mutisme qui va avec.

— Tu ne peux pas parler ?

« Non. »

— Tu es muette ?

« Non. »

— D'accord, je vois. Attends-moi une seconde.

David se rend jusqu'au comptoir pour y prendre un calepin et un crayon. Il les tend à Léa lorsqu'il est de retour près d'elle. Déconcertée, elle les prend, machinalement. Elle repense à la psychologue, au poste de police, et croit mieux comprendre les intentions de l'homme.

— Je connais ce genre de situation. Bon, alors, la musique doit-elle avoir des mots ?

« Oui. »

— Les mots doivent être en français ? Est-ce qu'ils peuvent être en anglais ? En espagnol ? Ou en d'autres langues ?

Léa hésite, puis écrit sur le calepin : « Je dois les comprendre. En français ou en anglais. »

— Très bien. Cherches-tu des nouveautés, ou des titres plus anciens peuvent faire l'affaire ?

Léa écrit : « Peu importe. »

— D'accord, allons-y.

David a suffisamment d'informations, son travail peut commencer. Il conduit sa cliente vers les rayonnages. Léa se laisse guider, lâche prise. Elle s'en remet tout entière au commerçant, assez confiante pour en faire son dealer, son fournisseur de came sonore.

David fait son boulot, oubliant qu'il devra bientôt quitter tout ça. Oubliant son mal, il propose des disques à Léa, qui les prend tous. Elle les tient contre elle, fermement, tout comme le calepin qu'elle utilise pour répondre aux questions de David.

Léa refait le plein, reprend espoir. De nouveau, elle croit en la possibilité de s'inventer une nouvelle histoire avec les mots des autres.

———

Déambulant dans les ruelles, William ne peut s'empêcher de penser à ce qu'il a vécu chez lui, quelques mois plus tôt : une fin du monde de béton écroulé, de corps brisés. Il s'en souvient aussi bien que d'un film vu la veille. En couleur, en 3D, en réalité pas virtuelle du tout. Un condensé d'horreur bon pour tous les sens en même temps.

William se demande pourquoi ce tremblement de terre. Pourquoi là plutôt qu'ailleurs ? À croire que le cataclysme avait choisi cet endroit pour faire le plus de morts possibles. Le plus de cris, aussi. Tous ces cris qui s'accumulent comme les morts, doubles évidences de la fatalité.

Perdu dans ses questionnements, William ne s'est rendu compte de rien. Il s'était pourtant juré de ne pas y retourner, dans cette ruelle de cris et de sang. Pourtant, il s'en est dangereusement approché. Plus que quelques mètres le séparent de la fenêtre de Léa. Heureusement, aucun cri ne se fait entendre. Non, pas de cri, mais du sang, oui. Et ce n'est pas celui du vagabond.

Tous les sens en éveil, William s'est immobilisé, comme électrocuté. Devant lui, au centre de la ruelle qu'il reconnaît subitement, se trouve un chat, noir et blanc, étendu dans une flaque de sang. Tout d'abord, William n'y croit pas. Cette ruelle serait-elle l'objet d'une malédiction ? Est-il le prochain sur la liste des victimes? Est-il poursuivi par les cris et la mort qui hantent sa mémoire?

William s'approche lentement de la bête. À ses côtés se trouve un collier, avec une médaille sur laquelle est gravé un numéro de téléphone. William hésite, fait le tour de l'animal, fasciné malgré le sang et la raideur du corps. Et ces yeux, à la fois ouverts et fermés sur le monde.

Mais il ne peut rester près du cadavre. Quelqu'un pourrait venir et le voir là… Et penser que c'est lui qui… Dans un geste soudain, William s'empare du collier et s'éloigne le plus rapidement possible de cette ruelle assassine.

———

Léa est sortie du magasin avec un sac bien garni. Pourtant, elle n'y était entrée qu'avec vingt dollars en poche. C'est ce dont elle s'était rendu compte une fois parvenue à la caisse. À la seule pensée de ne pouvoir acheter les disques qui lui étaient tant nécessaires, elle avait chancelé pendant un instant. Elle avait l'impression que ces disques lui appartenaient déjà, comme s'ils avaient été conçus, enregistrés pour elle.

— Vingt dollars, c'est parfait, lui avait affirmé le commerçant. De toute façon, ces disques vont t'être plus utiles qu'à moi.

Rassérénée, et à défaut de mieux, Léa avait simplement écrit « merci » sur le calepin.

— Garde le calepin, avait ajouté David. Je pense que tu vas encore en avoir besoin.

Alors Léa avait souri. Rien d'extravagant, bien sûr. Qu'un timide sourire qui n'était même pas convaincu d'en être un. Un de ces sourires qui, aussitôt nés, tremblotent avant de s'affaisser. Mais quelque chose avait eu le temps de passer dans les yeux de Léa. Quelque chose que David avait perçu et qui lui faisait du bien. Quelque chose comme de la reconnaissance.

Léa est donc de retour dans la rue, de retour vers chez elle. On dirait presque que la confiance lui revient subitement. Car désormais, elle a un sac plein de munitions pour se défendre contre le souvenir et supporter les assauts du dehors. Mieux armée que jamais, elle décide même de faire un détour, d'allonger de quelques pas son itinéraire. Mais pas question de rencontrer le regard des badauds, sur les trottoirs. Alors elle s'engage dans une ruelle qui plonge dans l'envers de la ville.

Elle marche jusqu'à ce que son regard bute contre quelque chose, au centre de la ruelle. Elle s'arrête, sans y croire, sans même vouloir considérer la possibilité que cela soit possible. Elle détourne la tête et envisage de rebrousser chemin pour nier l'évidence, refuser la crudité du vrai.

Mais ce n'est pas ce qu'elle fait. Elle doit savoir, elle doit voir, malgré tout. Elle continue donc d'avancer, avec ces trois mots en tête, répétés sans cesse : *C'est pas lui, c'est pas lui, c'est pas lui, c'est pas lui…* Elle parvient bientôt à quelques mètres de… la chose qu'elle ne veut pas nommer. Elle s'en est assez approchée pour voir ses yeux, l'agencement du noir et du blanc. Elle s'en est assez rapprochée pour comprendre l'inconcevable.

C'en est trop pour Léa, dont le destin ressemble de plus en plus à celui d'un criminel récidiviste. C'est du moins ce qu'elle pourrait se dire si elle était en mesure de penser quoi que ce soit. Mais pas en ce moment. Dans son esprit qui sombre, il n'y a plus que l'horreur ajoutée au désespoir. Pas de raisonnement possible, aucune manière de prendre sur soi. Ce n'est que l'éclatement de ce qui était déjà en morceaux.

Léa laisse tomber son sac et se jette sur le corps d'Ulysse. Elle le rudoie de caresses désespérées, de suppliques muettes pour qu'il ressuscite à l'instant. Elle le couvre de baisers crispés, de larmes. Elle s'allonge sur le sol souillé de la ruelle pour l'étreindre. De nouveau, Léa hurle à la mort. De nouveau, elle se laisse aller à la dérive de la douleur, se perd dans le labyrinthe du mal.

Trois jours plus tard

Pierre est arrivé au parc avec son chariot. Dedans y repose sa toute nouvelle créature, silencieuse pour l'instant. Itinérants et autres éclopés de la vie dorment encore. Parce que c'est la nuit, même si en principe c'est le matin. Avec délicatesse, Pierre met au jour son dernier-né, le dresse dans l'aube de la ville.

L'artiste contemple sa création, pas peu fier.

— À toi, maintenant, lui murmure-t-il tendrement.

Pierre plonge la main dans le cœur de la machine pour actionner le mécanisme. Rapidement, il s'éloigne, mais pas trop. Il trouve un emplacement de choix pour voir sans être vu, espérant bien que le spectacle en vaille la peine.

Bientôt, la créature éclate. Acoustiquement, s'entend. Elle braille sa litanie, avec la force d'un stentor.

— Je n'en peux plus! Pourquoi tout ça? J'en ai assez!

En boucle.

Les dormeurs du parc se réveillent, au bord de la syncope. Ils sont comme foudroyés par ce cri qui déchire une aurore encore timide. Puis ils aperçoivent le monstre, extraterrestre ou robot exterminateur annonçant la fin du monde. La fin de leur vie, à tout le moins. C'est possible, la télévision en est pleine.

Quelques itinérants étouffent un cri d'horreur, étouffé à son tour par le cri de la créature. Les itinérants n'entendent plus qu'elle, ne voient plus qu'elle.

Ses yeux en torches. Qui percent ce qu'il reste de la nuit.

Ses mains en ustensiles. Qui étincellent comme des outils de mort.

Ses rouages partout. Qui donnent forme à sa mécanique sans doute meurtrière.

Mais l'effroi des itinérants n'est que passager. Le moment de surprise passé, ils comprennent enfin. Ils pensent au sculpteur que plusieurs d'entre eux connaissent : Pierre, l'ami des sans-rien. C'est alors qu'ils se lèvent enfin, comme des damnés ressuscités. Ils vont entourer le monstre, qui n'est plus un monstre. C'est désormais une idole de fer et de bruit, qui hurle ce qu'ils hurlent aussi. Mais pas assez souvent. Et pas assez fort.

Sylvie est la première à imiter la créature. Avec les mêmes mots, le même cri.

— Je n'en peux plus ! Pourquoi tout ça ? J'en ai assez !

Rapidement, les autres lui emboîtent le cri. Bientôt, tout le parc résonne de ce hurlement d'exaspération. Hommes et femmes s'unissent dans l'expression d'un ras-le-bol viscéral. Ils scandent ces mots pour les dire, pour les faire entendre. Pour se faire du bien.

Non loin de là, Pierre sourit. Il n'aurait pas espéré mieux.

— Merci, les amis, murmure-t-il à leur intention.

Son sourire s'éteint lorsqu'il voit les forces de l'ordre survenir. Il faudra de longues minutes aux policiers pour mettre fin à cette manifestation spontanée, pendant laquelle les menottes parlent, les bottes cirées, les matraques aussi. Elles disent :

— Soyez malheureux, d'accord, mais en silence !

————

William est assis près du téléphone, le collier d'Ulysse devant lui. Il ne s'est pas encore résolu à appeler le propriétaire du chat mort. *Pourquoi avoir emporté ce collier ?* se demande-t-il. *Pourquoi avoir pris cette responsabilité ?* Il n'en sait rien. Tout s'est passé trop vite pour qu'il puisse penser à quoi que ce soit.

Une fois, il a décroché le combiné et composé le numéro gravé sur la médaille. Quelqu'un a répondu, une femme.

— Oui allô?

— Bonjour, je… Je…

— Allô, oui, à qui je parle?

— À quelqu'un qui a trouvé… quelque chose…

— Ah oui, c'est bien ça, de trouver des choses! C'est pratique, parfois.

— Oui, peut-être… répond William, décontenancé.

— Moi, un jour, j'ai trouvé une amulette dans l'autobus.

— (…)

— Une sorte de grigri. Étonnant, non?

— Oui…

— Vous ne me demandez pas si l'amulette fonctionnait, si elle était magique?

— Euh… Est-ce qu'elle était magique?

— Je n'en sais rien. Je ne suis pas magicienne, alors c'était difficile de découvrir ses pouvoirs.

— Oui, sans doute…

— Mais vous savez, trouver un objet n'est jamais dû au hasard. C'est toujours un signe.

— Vous croyez?

— Oui. Quand j'ai trouvé cette amulette, j'avais vraiment besoin de magie.

— Mais… mais vous dites qu'elle ne fonctionnait pas…

— Non, mais elle m'a donné le courage de réaliser des choses importantes, pour moi et ma petite-fille. C'est comme si cette amulette m'avait donné un vrai pouvoir, en quelque sorte.

— Je comprends… Et vous l'avez encore?

— Quoi donc? L'amulette?

— Oui.

— Pourquoi cette question?

— Parce que des fois, je me dis que j'aurais bien besoin d'un objet magique, moi aussi.

La dame rit à l'autre bout du fil.

— Et pour quoi faire, si je peux me permettre?

William se trouble. Non, il ne veut pas parler de ses souvenirs, de tout ce qu'il cherche à chasser de sa mémoire. En guise de réponse, William raccroche, la gorge sèche, les mains tremblantes.

Depuis, il n'a pas osé rappeler la magicienne qui dit ne pas en être une.

———

Un voisin a trouvé Léa couchée dans la ruelle, étreignant un chat mort. La crasse du bitume maculait ses vêtements, ses mains. Le sang de l'animal aussi. Le voisin l'a reconduite chez elle, le chat toujours pressé contre son cœur.

Jeanne s'était chargée de tout. Comme faire creuser un trou dans un coin de la cour et présider à une petite cérémonie mortuaire. La grand-mère de Léa a même imaginé une mise en scène pour l'occasion. Avec quelques pas de danse pour faire honneur à Ulysse. Et un poème inspiré par le moment.

Tu avais les oreilles droites
Mais le cœur volage
Sacré tombeur de cocottes
Parti trop tôt en voyage

Tu vas nous manquer
Toi créature à quatre pattes
Beau de la queue au nez
Qui nous rendait toutes béates

Tu aimais nos caresses
Nous tes beaux yeux
Les plus tendres qu'on connaisse
Et auxquels nous disons adieu

Le poème n'était pas terminé, mais Léa n'a pas pu retenir ses larmes plus longtemps. Elle a éclaté en sanglots, le corps secoué par le deuil. Jeanne l'a serrée entre ses bras généreux et toutes deux sont restées enlacées, auprès de la tombe d'Ulysse l'aventureux.

Le lendemain

Le collier du chat est dans la poche de William. Non, il n'a pas eu le courage de rappeler, pas encore. Il repousse cette perspective quand elle surgit dans son esprit, harcelante comme un devoir inaccompli. Il y a aussi les paroles de la dame : « Trouver un objet n'est jamais dû au hasard. C'est toujours un signe. » William se demande de quoi le collier d'un chat mort peut bien être le signe.

Pour penser à autre chose, William ouvre le journal. Il le feuillette et laisse vagabonder ses yeux sur les pages. Jusqu'à ce qu'un titre dans la section des faits divers attire son attention.

LE « POSEUR DE MONSTRES » FRAPPE ENCORE

Les forces de l'ordre ont dû intervenir très tôt hier matin pour mettre fin à une manifestation impromptue. Le rassemblement a pris naissance après l'apparition d'une sculpture attribuée au poseur de monstres, au parc L'Espérance. Selon les témoins, la sculpture était dotée d'une bande enregistrée faisant entendre ces mots : « Je n'en peux plus ! Pourquoi tout ça ? J'en ai assez ! » Ces mots ont ensuite été repris et scandés par les itinérants, visiblement interpellés par ces paroles de désespérés.

Les choses se sont envenimées lorsque les policiers ont voulu emporter la sculpture pour la faire taire. « C'est une œuvre d'art ! » auraient martelé certains sans-abri en colère. « Vous ne devez pas la détruire ! » Ou encore : « Cette sculpture est comme nous ! C'est l'un de nous que vous malmenez ! »

Les policiers ont malgré tout procédé à l'éviction de la sculpture fauteuse de troubles. L'échauffourée entre policiers et manifestants qui s'en est suivie a donné lieu à quelques arrestations. Un des témoins, prénommé Pierre, s'est indigné face à cette intervention policière « excessive et outrageante pour les sans-abri ».

Rappelons que le poseur de monstres est recherché par la police pour incitation au désordre public. Le début de ses activités clandestines, toujours nocturnes, remonte à la fin de l'année dernière, mais ce n'est que depuis peu que ses sculptures sont dotées d'une « voix ». C'est cette innovation de l'artiste qui lui vaut un avis de recherche, publié hier par la police municipale. Selon cet avis, « toute personne possédant des informations pouvant mener à l'arrestation dudit poseur de monstres a le devoir de les communiquer aux autorités policières de la ville ».

Annick Sansregrets

Léa doit y retourner, sortir de nouveau. Elle a écouté Nick Drake et Alain Bashung. Des révélations, des lueurs dans sa nuit. Elle a découvert de grands manitous de la mélancolie. Des dieux de la tristesse tranquille qui l'invitaient à les suivre vers des horizons libérés.

Elle marche vers Le Monde pour soi, pour ne pas dire qu'elle court. Elle ne voit pas l'éclat de la lumière du jour, les feuilles des arbres qui frémissent, l'été épanoui. Non, elle regarde par terre devant elle. Mais pas trop quand même : on ne sait jamais ce qu'on peut y trouver.

Léa entre dans le commerce. Sans même prendre le temps de chercher, elle se rend à la caisse, où se trouve David. Elle farfouille dans son sac pour en sortir le boîtier des deux disques, qu'elle dépose maladroitement sur le comptoir. David ne saisit pas trop les intentions de sa cliente, qui le regarde avec insistance. Les disques ne fonctionnent pas ? Elle n'est pas satisfaite ?

— Quelque chose ne va pas ? demande-t-il simplement. Tu n'aimes pas ces artistes ?

Voyant l'incompréhension du commerçant, Léa sort de son sac le calepin qu'il lui a donné.

« J'aimerais mieux les connaître », écrit-elle.

— Ça tombe mal, ils sont morts tous les deux.

Devant l'effarement de sa cliente, David comprend qu'il a gaffé. Oui, sa sombre plaisanterie était déplacée. Alors il tente de se reprendre comme il peut.

— Mais heureusement, ils ont fait d'autres disques ! Et je crois que j'en ai quelques-uns en rayon.

Il faudrait voir le visage de Léa pour comprendre son soulagement. Presque de la gratitude.

Elle achète les trois disques qui sont disponibles. À la caisse, elle laisse plus d'argent qu'il n'en faut. Tout ce qui lui restait dans son compte de banque. David tente de lui expliquer que c'est trop, mais Léa ne l'écoute plus : elle insère déjà un nouveau disque dans son baladeur archaïque. Elle appuie sur la touche appropriée, puis sort du magasin, sous l'effet lénifiant d'une musique nouvelle.

— Merci et à bientôt ! lance David, en sachant que Léa est déjà trop loin pour l'entendre.

Il considère les billets laissés sur le comptoir.

Si tous les clients étaient comme ça, je serais riche depuis longtemps. Mais à quoi bon, maintenant ?

———

L'article sur le poseur de monstres a ébranlé William. Des questions le travaillent du dedans, l'indignation aussi. Il se demande pourquoi toute cette violence pour faire taire un cri de désespoir, aussi bruyant soit-il.

Les pensées de William le ramènent quelques mois plus tôt, dans son pays. Le tremblement de terre était terminé depuis quelques minutes. Les gens recouvraient lentement leur esprit. Les survivants sortaient des décombres. Aux cris avaient succédé les lamentations et les pleurs. Mais des cris reprenaient parfois, déchirants, sursauts de conscience devant l'horreur.

William et ses parents n'avaient pas été blessés. Leur maison avait tenu bon. Tous les trois étaient sortis pour aller aider les gens du quartier. Tous ces gens qui pleuraient, gémissaient, criaient. Le son de la désespérance. Les mains de William creusaient les débris, soulevaient des morceaux de béton, de tôle, de chair aussi, parfois. Des corps morts, enfouis alors qu'ils étaient encore vivants, dans ce grand cimetière improvisé.

C'est ainsi qu'il avait trouvé Firmin, un voisin de cinq ans. Son visage lui était apparu, blanchi par la poussière. Ses yeux étaient fermés, il semblait dormir. William lui avait souhaité «bonne nuit» en lui caressant la tête, avant de s'éloigner. Un leurre qui visait à tromper sa propre impuissance.

William n'était plus qu'un corps en mouvement qui se démenait contre la matière, dure et froide malgré un soleil de plomb.

William ne les avait pas entendus arriver. Les pillards. Il s'était simplement écroulé après avoir reçu un coup de crosse dans les côtes. Les hommes armés entraient dans les maisons, les unes après les autres. Ils menaçaient les survivants, leur ordonnaient de remettre argent et biens précieux. Leur entreprise semblait ne pas avoir beaucoup de succès : leurs sacs étaient vides, leurs poches aussi. Mais peut-être était-ce là une forme de plaisir ou de jeu. Survivre à la mort et s'en repaître. Comme des charognards. Le plaisir des charognards.

William était étendu sur le béton explosé, les côtes fracassées. Il avait vu celui qui semblait être le chef s'approcher de cette femme. Loretta, qu'elle s'appelait. Elle criait comme une démone, l'esprit égaré. Elle criait la mort de son mari, de ses enfants. Elle criait la violence des pillards qui joignait l'infamie à l'horreur. Elle leur disait leur bassesse. Elle était le miroir de leur laideur.

C'est sans doute pour cette raison que le pillard a tiré. Une balle dans la tête de Loretta, une seule. Ce n'est qu'après qu'il lui a dit de la fermer, sale pute. Ensuite, William ne se souvenait de rien. Qu'un trou noir de la mémoire. Sa tête ne pouvait plus en prendre, pleine à craquer d'images surréelles d'une ville écroulée. Ces mêmes images qu'il voulait maintenant oublier.

C'est décidé. William veut trouver les sculptures du poseur de monstres. Non : il *doit* les trouver. Pour quoi faire ? Peut-être pour les entendre, tout d'abord. Pour les sauver ? Il n'en sait rien. Surtout, il ne sait pas comment il s'y prendrait, pour les sauver. Pour qu'elles ne tombent pas entre les mains d'hommes armés, quels qu'ils soient. William n'est pas un héros. Il n'est qu'un prisonnier du cri, en orbite obligée autour de lui.

———

Pierre ratisse une ruelle. Toujours à la recherche de matière à créatures, il sonde les déchets de ses concitoyens. Mais l'homme n'est pas aussi enthousiaste qu'à son habitude. Tout d'abord ces arrestations, par sa faute. Des amis se trouvaient parmi les manifestants. L'un d'eux a été blessé, d'autres enfermés.

Aussi, ses nouvelles sculptures lui demandent plus de temps et de matériaux. Surtout ce qui est nécessaire pour les faire crier. Et le travail qui s'ensuit : assemblage, alimentation, sonorisation, amplification… Et bien intégrer tout ça, sans contrefaire ses créatures, sans les trahir. Ses sculptures ne sont pas de vulgaires machines.

Les ruelles ne lui apparaissent plus aussi riches qu'auparavant. Il y manque cruellement de tout : transistors, circuits intégrés, filages, haut-parleurs. La moindre radiocassette déglinguée le remplit d'allégresse, c'est tout dire. Mais cette journée-là lui réserve un drôle de tour.

Près du parc L'Espérance, dans une ruelle, il aperçoit Serge. Un itinérant, un ami. Bien assis sur une chaise de patio jetée là, il semble heureux de le voir approcher.

— Je t'attendais, Pierre.

Serge sourit de toutes ses dents. Enfin, ce qui lui en reste.

— Tu me sembles de bien bonne humeur, Serge ! T'es-tu marié ? Non, attends ! Tu as gagné le million !

Serge rigole.

— Arrête tes folies ! J'ai une surprise pour toi.

— Une surprise ?

— Regarde-moi ça !

Serge dévoile ce qui se trouve près de lui, sous une couverture crasseuse. Pierre laisse échapper un «oh» de surprise. Il s'agit de l'amplificateur que lui avait balancé Léa par la fenêtre. Il est cruellement abîmé, mais son identité ne fait aucun doute.

— C'est bien lui, non ? Je le savais ! Voici l'objet qui t'a presque tué, mon bon Pierre !

— Mais… mais où tu l'as trouvé ?

— Dans les poubelles du poste de police. Faut croire qu'ils ont classé ton histoire pas mal vite ! En tout cas, il est à toi maintenant.

— Je ne sais pas quoi te dire…

— «Merci» fera l'affaire.

— Merci, Serge!

— Pas de quoi.

— Oh! J'ai une idée. Voudrais-tu faire le cri de ma prochaine sculpture?

— Sacrebleu! Ce serait un honneur pour moi!

Pierre sort son magnétophone qu'il a toujours avec lui.

— Es-tu inspiré? As-tu une idée de ce que tu veux crier? Ça peut être n'importe quoi, tu sais, pas seulement des mots de colère.

Serge se lève d'un bond.

— Je sais exactement ce que je veux hurler au monde entier!

— Vas-y, Serge, le monde t'écoute!

Pierre appuie sur la touche «Enregistrer». Serge s'éclaircit la gorge et puis:

— Je t'aime, maman! Je t'aime!

———

Léa tripote le contenu de son assiette du bout d'une fourchette. Sur la table se trouve son lecteur de disques, avec du Bashung dedans. Il est à portée de main, comme un revolver chargé. Si une pensée menaçante fait son entrée, bang, elle met ses écouteurs et l'ennemi est aussitôt terrassé. Léa est une cow-girl du far west de l'amour.

Sa grand-mère prépare une tarte au comptoir de la cuisine. Le soleil de fin de journée l'enveloppe de ses rayons. Jeanne est devenue incandescente, avec de la farine d'étoiles qui danse autour d'elle. Mais Léa n'en fait aucun cas : elle a toujours su que sa grand-mère était un être de lumière.

— Ton père a appelé.

Les mots de Jeanne stoppent Léa triturant sa nourriture.

— Il m'a demandé si tu allais bien.

Léa ne dit rien, bien sûr. Sa grand-mère délaisse sa tarte pour se tourner vers elle.

— Je lui ai annoncé que ton chat était mort.

La pensée d'Ulysse refait surface. La main de Léa est aussitôt en position. Immobile et tremblante, elle est prête à s'emparer du lecteur pour régler le compte au souvenir d'un Ulysse ensanglanté.

— Mais je lui ai interprété le poème que j'ai déclamé en son honneur. Les pas de danse aussi, même s'il ne pouvait pas les voir, évidemment. Ça l'a rassuré, je crois.

Léa se souvient de la chorégraphie de sa grand-mère. Sa main se détend un peu.

— Je suis devenue une spécialiste de ces danses, tu sais ! Ton père y a eu droit quand son chien Philémon est mort. Mais cette fois, le poème que j'avais interprété était entièrement en langue canine. Oui, mademoiselle !

Léa s'imagine la scène, avec son père, la danse et tout le reste. Le souvenir d'Ulysse s'estompe, en même temps que sa main s'éloigne du lecteur de disques. Voyant que la situation revient lentement sous contrôle, Jeanne retourne à sa tarte. Puis elle pense à l'autre appel qu'elle a reçu, celui de la jeune personne qui disait avoir trouvé quelque chose. Et qui avait besoin d'une amulette. Elle ne sait pas pourquoi, mais elle a l'impression que ça annonce quelque chose.

— On dirait bien que le temps est encore à l'orage, déclare-t-elle pour elle-même.

Surprise, Léa regarde par la fenêtre. Pourtant, elle ne voit pas l'ombre d'un nuage. Il n'y a qu'un ciel éclatant de bleu, le même que les jours précédents.

Quelques jours plus tard

Levé de très bonne heure, William arpente les rues de la ville. Il déambule au hasard, les sens à l'affût. Il est à la chasse aux monstres, bien qu'il ne sache pas vraiment comment s'y prendre. Après tout, existe-t-il vraiment une méthode pour dégoter les sculptures hurlantes d'un artiste peut-être complètement fou ? C'est comme chercher un grain de poivre dans la grande soupe urbaine.

Pour le trouver, ce grain, William doit se rendre dans les zones amères de la cité-marmite. Ce sont des zones chaudes, parce que situées près du fond. Là où il y a toujours le risque que ça brûle un peu. Là où ça colle et ça noircit souvent. Les marmitons municipaux n'ont jamais été forts sur le brassage vigoureux, et ça paraît.

William marche dans un matin encore hésitant. Autour de lui s'effectue un changement de garde. Aux gens de la nuit succèdent ceux du jour. Dans tous les cas, des corps engourdis, des visages aussi, par le sommeil ou d'autres léthargies stupéfiantes. Les regards sont voilés, difficilement déchiffrables, parfois insistants, inquiétants. Si bien que William a tôt fait de remonter son capuchon, masque de coton, pour s'y cacher tout entier. Y brouiller son identité, sa couleur, son humanité.

William passe devant le parc L'Espérance. Le calme est complet dans ce dortoir à ciel ouvert. Pas de sculpture en vue. Il poursuit son chemin, incertain de l'itinéraire à emprunter. Mais le hasard n'est-il pas son meilleur allié? Ne devrait-il pas entièrement s'en remettre à la bonne fortune? A-t-il un autre choix, après tout? Alors aussi bien devenir un errant du petit matin, se laisser guider par la contingence de ses pas, se fondre dans la circulation de ses semblables.

C'est alors qu'un cri survient. William s'immobilise, juge de sa provenance avant de s'élancer. C'est sur sa droite, non, sur sa gauche. Il tourne un coin de rue, un autre, le souffle court. Lorsqu'il s'arrête, ce n'est pas une sculpture qui est devant lui, plutôt un homme qui pleure et qui hurle, au beau milieu de la chaussée.

William ne sait que faire, que dire.

— Monsieur, ça va?

— Là-bas… bégaie-t-il, essoufflé d'avoir trop couru, le bras levé. Son doigt pointe vers l'est.

— …

— Une chose… Une créature qui crie. Il y a un raz-de-marée dans ma tête. Toutes ces choses du passé. Oh, mon Dieu !

Vite, William s'élance de nouveau, cette fois dans la direction désignée par l'homme. Oui, ça y est, il l'entend ! Il cherche l'origine de ce son qui déchire l'espace. Puis voilà qu'elle lui fait face, enfin. Superbe de vérité recyclée, la sculpture beugle :

— Je t'aime, maman ! Je t'aime !

Quelques personnes sont visibles aux alentours, certaines habillées de vert ou de blanc. Elles se tiennent à distance respectueuse, sous le porche d'un immense bâtiment que William reconnaît bientôt comme un hôpital. Une femme sanglote, assise sur un banc, le visage entre les mains. D'autres encore semblent médusés, ou en colère à cause de tout ce bruit.

Bientôt, des gardes de sécurité surviennent, des policiers aussi. Tout ce beau monde s'empare de la créature pour la mener plus loin et faire son triste boulot. Pendant un instant, William songe à intervenir. En fait, il ne réussit qu'à lancer un « non » hésitant, auquel il ne donne pas suite. Les policiers ne lèvent même pas la tête vers lui.

William a trouvé sa première créature, mais n'a pas réussi à la sauver. Dépité, il lève la tête vers le ciel. Son regard est attiré par la façade vitrée de l'hôpital. Par l'une des fenêtres, il aperçoit le visage d'une vieille femme qui sourit doucement. C'est la mère de Serge qui pense à son fils. Et qui se dit fin prête à partir pour le grand voyage.

———

Pierre a observé la scène de loin. Il a vu le jeune Noir débouler à bout de souffle. Il a entendu son « non », il a deviné son dépit lorsque la sculpture a été emportée. Puis il a vu ce policier en civil interpeller le jeune homme :

— Eh ! Je te reconnais, toi ! Viens par ici, un peu.

À son tour, Pierre reconnaît le policier. C'est celui qui était venu dans sa chambre d'hôpital, après l'« accident ». Le sergent-détective Constant.

La réaction du Noir est immédiate : il tourne les talons et décampe en vitesse. Il s'enfuit aussi rapidement qu'il était arrivé sur cette scène du cri. Le policier esquisse quelques pas, mais abandonne aussitôt l'idée d'une poursuite. Son âge et son surpoids y sont pour quelque chose.

Qui est ce jeune homme ? se demande Pierre. Non, il ne peut savoir que William lui a sauvé la vie en appelant les secours, le jour où un amplificateur lui a percuté la tête. Ce même amplificateur dont plusieurs pièces ont été greffées à sa toute dernière créature. Cette même créature trouvée par William, apprenti chasseur envers et contre tout. Et désormais suspect dans l'étrange affaire du poseur de monstres.

Fin juillet

Léa accepte maintenant de mettre le nez dehors, parfois. Et pas seulement pour aller se ravitailler en disques au Monde pour soi. Elle fait des courses pour sa grand-mère, qui dit qu'elle doit sortir un peu, quand même. Qu'elle doit prendre de l'air, voir la lumière du jour, côtoyer les autres humains de ce monde. Peut-être même sourire, pourquoi pas. *C'est pas interdit de rêver*, se dit Léa en retour.

Léa s'exécute à contrecœur. Uniquement parce que c'est Jeanne qui lui demande. Et toujours avec de la musique plein la tête. Sans quoi elle ne pourrait pas y parvenir. Elle a besoin de son bouclier sonore, d'une armure pour se défendre d'elle-même.

Ce jour-là, Léa entre au café. Barbara lui susurre aux oreilles quelque chagrin d'amoureuse esseulée. Elle doit y acheter la dose quotidienne de caféine de sa grand-mère. Pendant que les grains se font moudre, son regard glisse jusqu'aux tables, près du comptoir. Sur l'une d'elles, quelque chose capte son attention, par sa forme, sa couleur. *Non, j'ai dû mal voir,* pense Léa en approchant d'un pas. *Non, ce n'est pas possible. Pas ça, pas ici.* Elle s'approche davantage pour pouvoir déchiffrer ce qui est inscrit sur l'objet en question. Oui, c'est bien le nom d'Ulysse et son propre numéro de téléphone, gravés sur une médaille.

La médaille est accrochée à un porte-clés. Près du porte-clés : un verre, un journal. Et quelqu'un qui tient le journal, la tête penchée. Des cheveux noirs, crépus. Léa en a assez vu. Une fureur primitive la submerge en un instant, emportant tout ce qui n'est pas pulsion de destruction, volonté de vengeance.

Léa se tient un instant immobile. La bouche béante, pas un mot n'en sort, pas un son. Mais après un ou deux hoquets, ça y est, un hurlement en déferle enfin. C'est un raz-de-marée vocal qui renverse la tête des gens attablés. Léa a le temps de voir les yeux du jeune Noir avant de se jeter sur lui. Des yeux qui disent l'effroi, mais dont Léa n'a que faire. Car devant elle se trouve un assassin. Un criminel qu'elle fera payer pour tous les autres, avec un châtiment exemplaire qui lave les fautes dans le sang.

Et c'est le choc. Léa percute le meurtrier de tout son poids. Il est projeté par terre, Léa est aussitôt sur lui. Elle le martèle de ses coups désordonnés. Elle le frappe de son cri vengeur. Puis en un bond elle se relève. Elle s'empare d'une chaise, la soulève à bout de bras, l'abat sur celui qui crie à son tour. Léa vise la tête, vise la mort. Quelque chose craque, se brise, peut-être la chaise, peut-être l'assassin, Léa n'en sait rien. Mais une chose est sûre : elle est sur la bonne voie. Alors encore une fois elle élève la chaise et encore une fois elle l'abat. Bruits de cassure, de douleur. C'est le son de la réparation, de la justice.

Léa s'acharne sur William jusqu'à ce que des mains s'emparent d'elle. Loin de s'avouer vaincue, Léa griffe les airs, boxe le vide qui la sépare de l'assassin. Elle refuse furieusement cette clémence accordée de force, mais c'est peine perdue.

Emportée plus loin, Léa réussit à jeter un regard presque lucide à celui dont Ulysse, croit-elle, fut la victime. Elle voit le sang, le corps inanimé, ce qui a pour effet de l'apaiser. Ses membres se détendent, son cri se dissipe. Oui, même imparfaite, sa vengeance est désormais consommée. Elle peut de nouveau sombrer dans sa torpeur d'amoureuse blessée et de maîtresse endeuillée.

———

Quelques minutes plus tôt, William quittait précipitamment la maison alors que le sergent-détective Constant frappait à la porte. Décontenancés, ses parents l'avaient vu s'élancer par la fenêtre pour rejoindre la rue. *Une chance que j'habite au rez-de-chaussée*, s'était-il dit alors. Bien qu'il soit vrai qu'il aurait pu tout simplement emprunter la porte arrière.

Lui-même ignorait pourquoi il avait agi de la sorte. La panique, tout simplement. La peur d'être soupçonné, accusé, ou même emprisonné, pourquoi pas. Il a déjà vu bien pire pour de simples broutilles. Il est vrai que ces événements s'étaient déroulés loin de cette ville, dans un autre pays, mais que savait-il de ce sergent-détective Constant? Rien de rien. Un homme capable du pire, qui sait. Un criminel caché sous un uniforme de policier. Raciste, peut-être même.

Bref, William s'était enfui. Il avait couru et couru encore, jusqu'à ce qu'il soit bien sûr de ne pas être poursuivi. Il était alors entré dans un café pour souffler un peu. Sur une table, il avait trouvé un journal, ouvert à la page des faits divers. Y était imprimé un article sur le poseur de monstres. *Un signe*, avait pensé William. Un signe à n'en point douter. Il s'était attablé, puis avait commandé un thé glacé. Pour trouver la monnaie nécessaire, il avait dû passer en revue tout le contenu de ses poches sur la table devant lui. Par chance, le compte y était.

Ensuite, il avait pu lire l'article.

L'hôpital Marie-Mère a été la cible de celui qu'on surnomme le poseur de monstres, hier matin aux petites heures. De façon plutôt inattendue, la créature criait : «Je t'aime, maman! Je t'aime!» Plusieurs patients de l'hôpital ont été réveillés par cette déclaration incongrue, du moins de la part d'une telle créature, répétée en boucle pendant de longues secondes.

Une des patientes de l'hôpital, qui préfère garder l'anonymat, nous a confié ces quelques mots : «Je ne comprends pas pourquoi ce… ce monstre hurlait comme ça. Il n'avait qu'à aller lui dire, à sa mère, qu'il l'aimait, et ne pas le crier sur tous les toits! Ça n'aurait réveillé personne et puis ça fait tellement plaisir à entendre!»

C'est parvenu là dans sa lecture que le cri fait bondir William sur sa chaise. Il ne lui faut qu'une fraction de seconde pour que sa mémoire auditive lui révèle l'impensable. Le cri qu'il entend, c'est celui de la fille de la ruelle, la possédée de la douleur.

L'origine du cri se confirme lorsque la tête de William bascule vers l'arrière sous l'effet du hurlement. Comme si ce cri était aussi une rafale puissante. Une rafale sonore, en quelque sorte, qui souffle et décoiffe. Même si William, avec ses cheveux coupés ras, n'a rien à décoiffer. Il voit la fille debout devant lui, les cheveux en bataille, avec ces yeux qui percent derrière. Oh! Ces yeux qui souhaitent sa mort. Ah! Ces yeux qui brillent comme les balles polies d'une arme terrible.

L'effroi envahit William, le paralyse entièrement. Le monde s'est immobilisé autour de lui, et ce n'est pas seulement une impression : le cri de Léa a tétanisé tous ceux qui se trouvent dans le café. Plus rien ne bouge. Il n'y a que ce cri terrible qui comble toute particule d'espace où il peut résonner furieusement.

Et c'est l'assaut. La fille s'élance pour percuter William de plein fouet. Ses bras sont des appendices fous qui veulent le broyer. Le choc est brutal. Sa chaise est renversée, sa table aussi. Sa tête heurte le sol, alors qu'il tente de se protéger le visage avec les bras. Puis il y a cette chaise qui le percute, encore et encore. Pas un instant il ne se demande ce que la fille fait là et pourquoi elle l'agresse. Le moment n'est pas aux hypothèses. Plutôt aux dernières volontés.

William se dit que c'est la fin. Oui, le cri l'a retrouvé et va l'achever pour de bon. C'était peut-être son destin, après tout. Jusqu'à la fin, il aura été une victime du cri.

———

Pierre est perplexe. Il se tient devant une boîte où se trouvent une vieille radio éventrée, du filage emmêlé, multicolore, et d'autres composantes électroniques. En temps normal, l'écumeur de ruelles crierait sa joie, mais pas cette fois. Il se gratte plutôt la tête, sous sa casquette délavée. L'autre main est sur sa hanche, signe supplémentaire de perplexité.

En seulement quelques minutes de récolte, c'est la deuxième boîte du genre qu'il trouve. Il pourrait encore une fois mettre ça sur le compte du hasard, mais pas avec ce mot. Pas avec cette feuille de papier pliée dans la boîte, où il est écrit « Bonne chance ». Ce mot lui est-il destiné ? Mais de qui est-il ? Pourquoi ? Son trouble lui fait envisager divers scénarios, tous aussi invraisemblables les uns que les autres. Malgré ces questions laissées en suspens, le contenu de la boîte se retrouve rapidement dans le chariot de Pierre. Un sourire se dessine sur son visage alors qu'il s'éloigne, toujours à la recherche de matière à créatures. Oui, la collecte s'annonce exceptionnelle, surtout après la pénurie des derniers jours. La fortune semble avoir tourné à son avantage.

Quelques secondes après le passage de Pierre, David ouvre la porte. Celle de son commerce qui donne sur la ruelle. Il voit la boîte vide puis, plus loin, le vieil homme qui s'éloigne avec son chariot. David sourit à son tour.

Au fond de la boîte se trouvent encore les deux mots qu'il lui a écrits : « Bonne chance ».

———

76

Léa s'est de nouveau barricadée dans le silence, l'absence à soi-même. Son esprit est vide, désolé. Sa colère est comme un ouragan qui a tout dévasté, ne laissant que des ruines fumantes et noircies. Assise sur une chaise du café, elle demeure immobile, les cheveux voilant son visage, les yeux fixes derrière.

Le sergent-détective Constant se tient devant elle, debout, contrarié.

— Bon, on va devoir tout reprendre du début. Quelque chose nous a échappé, c'est sûr. Et puis on ne nous a pas tout dit.

— Normal, avec cette fille qui ne parle pas! lance une collègue policière.

— Tu as raison, mais les autres n'ont rien dit non plus.

— Sombre affaire.

— Et pour y voir plus clair, il nous faudrait cette foutue psychologue! Qu'est-ce qu'elle fait? Elle devrait déjà être là, pourtant!

— Je crois qu'elle est retenue par de nouvelles victimes du poseur de monstres. Des gens ébranlés par ses créatures, je crois.

— Encore ces satanées sculptures!

— Est-ce que tu crois vraiment qu'elles sont en lien avec notre affaire?

— Je n'en sais rien. Mais pour l'instant, c'est difficile de se prononcer avec une prévenue qui ne parle pas, un gars mis K.-O. et ce poseur de monstres qu'on n'arrive pas à épingler.

— Sergent-détective ! Il revient à lui ! annonce un autre policier dans le café.

— Enfin ! Allons voir si on peut en tirer quelque chose.

———

Lorsque William émerge de l'inconscience, le sergent-détective Constant est devant lui. Ou plutôt au-dessus de lui : le jeune blessé est étendu par terre. Deux ambulanciers l'installent sur une civière. Son cou est maintenu immobile par une sorte de collier rigide. William juge avec raison qu'il est dans de bien mauvais draps.

— Alors, qui avons-nous là ! Te voilà pas mal amoché, mon garçon. Si tu ne te sauvais pas toujours de moi, aussi, peut-être que ta petite amie aurait moins l'occasion de t'abîmer comme ça.

— Ce n'est pas ma petite amie. Ni une amie tout court.

William ne reconnaît pas sa propre voix, éteinte, rugueuse. Sans compter que sa lèvre enflée l'empêche de bien prononcer les mots.

— Voyez-vous ça ! Moi, quelque chose me dit que ce n'est pas un hasard si tu étais sous la fenêtre de Léa Boudreau, le jour où un homme a reçu un amplificateur sur la tête. Un simple témoin n'aurait pas été agressé de cette façon. Alors, vois-tu, je me demande si l'objet ne t'était pas plutôt destiné. Dans sa douleur, Léa Boudreau t'aura tout simplement confondu avec quelqu'un d'autre qui passait par là.

— Je suis jeune, il était vieux. Et je ne sais pas si vous avez remarqué, mais je suis noir.

— Bon, c'est vrai que la différence est évidente, mais l'amour rend aveugle, comme on dit. Peut-être que la colère aussi.

— Je vous jure que je ne connais pas cette fille.

— Bien sûr, bien sûr.

Les ambulanciers ont fini d'installer William sur la civière. Ils disent au sergent-détective Constant qu'ils doivent maintenant l'emmener avec eux.

— Une dernière chose, avant de nous quitter, jeune homme. Pourquoi je te retrouve, au petit matin, là où le poseur de monstres a frappé? Pourquoi encore toi?

— Le hasard, sans doute.

— Le hasard, dis-tu. Non, avec toi, le hasard est trop… hasardeux!

Le sergent-détective Constant rit de son calembour, seul.

— Et pourquoi t'es-tu enfui quand je t'ai interpellé? Sans compter ta nouvelle escapade, il y a quelques minutes à peine? Tu dois savoir que ça fait de toi un suspect de premier plan.

— J'ai peur des armes. Et encore plus de ceux qui les portent. Ce qui ne fait pas de moi un criminel. Demandez à mes parents de vous expliquer, vous comprendrez mieux. Moi, je ne peux pas. Pas encore.

Pendant que le sergent-détective Constant se tait, déconcerté, William est conduit vers l'ambulance. Le blessé tente alors d'apercevoir Léa qu'il devine là, quelque part dans le café. Mais les sangles de la civière et le collier l'en empêchent. Du moins jusqu'au moment où les ambulanciers doivent manœuvrer dans l'entrée du café. C'est à ce moment que William la voit finalement, assise et comme assommée elle aussi, mais à la verticale.

Il remarque qu'elle tient quelque chose dans ses mains, qu'elle presse contre sa poitrine. Les clés de William. Non, pas exactement ses clés, qui pendouillent hors de ses mains. Non, elle tient quelque chose qui est attaché au trousseau : la médaille d'Ulysse. C'est alors une explosion d'évidence lumineuse dans la tête abîmée de William.

En un clin d'œil, il reconstitue les événements : le chat qu'il a trouvé dans la ruelle était celui de Léa. En entrant dans le café, Léa a aperçu la médaille du chat, pendue à son trousseau de clés. Comme un trophée de chasse morbide. Elle en a déduit que William était le meurtrier de son chat. La colère l'a conduite à la vengeance, et lui sur une civière.

Il envisage pendant un instant de faire part de son illumination au sergent-détective

Constant, mais les portes de l'ambulance se referment déjà. Il se dit alors que ce n'est que partie remise. Parce que le policier ne semble pas prêt à lâcher le morceau. Et William, de son côté, ne mettrait fin à sa chasse aux monstres pour rien au monde. Mais ça, il ne le dira pas au policier. Les créatures, c'est son affaire. Tout comme les cris, dont il est à la fois le traqueur et le jouet malmené sans relâche.

———

Pierre est abasourdi. Dans les ruelles, il cueille l'une après l'autre des boîtes remplies de matière à créatures. Là, au pied des escaliers, plus loin près de la porte de garage. Et sur la dernière marche de ce balcon. Pierre se précipite d'un trésor à l'autre, ébloui par tant de richesses soudaines. Il court d'une ruelle à l'autre, enivré par cet eldorado de la trouvaille.

Puis soudain, comme si tout cela n'était pas suffisant, c'est l'incroyable qui survient. C'est une brèche qui s'ouvre dans la réalité. Car dans l'une des boîtes, Pierre trouve un robot. C'est une simple babiole, abîmée par le temps, qui provoque en lui un ouragan de souvenirs. Il se revoit enfant, à Pâques. Ses parents lui ont organisé une chasse au trésor. Il galope d'un œuf à l'autre, survolté, la tête tournoyante, bien décidé à mettre la main sur toutes ces merveilles décorées par les soins de sa mère. Et puis qu'y a-t-il au bout de ce parcours du bonheur ? Pierre ne s'en souvient pas. Pas tout de suite. Il doit attendre quelques instants pour que la bulle du souvenir fasse son chemin jusqu'à la surface de la conscience et éclate au grand jour.

Cela fait, Pierre éclate à son tour. C'est un rire tonitruant qui l'ébranle tout entier alors qu'il poursuit sa course dans les ruelles. Un rire qui accueille son souvenir comme un maillon perdu de son histoire. Car à la fin de son jeu de piste, il y avait un robot. Un robot qui pouvait être actionné afin… qu'il crie ! Des cris de robot, cela va sans dire : grésillements, hoquets mécaniques, voyelles artificielles. Mais des cris tout de même ! Son robot adoré qu'il avait perdu la même année dans une fête foraine. Le rire de Pierre se tait pour quelques instants. Quelle douleur ce fut ! Une perte irréparable. Comme si la mort avait, pour la première fois, fait irruption dans son existence.

Et voilà qu'il trouve un robot en tous points similaires. Est-ce le même ? Qui pourrait le dire ? Si usé, terni. Mais peu importe : Pierre a recouvré le souvenir de l'objet auquel il rend hommage soixante ans plus tard. Désormais, il sait que c'est ce même robot qu'il reconstruit chaque jour. Pour le retrouver et le perdre encore. Pour apprivoiser cette perte, cette douleur.

Une semaine plus tard

Jeanne cogne à la porte de la chambre de Léa.

— Il y a une lettre pour toi.

Pas de réponse. Mais la grand-mère de Léa, elle, n'a pas dit son dernier mot.

— Il n'y a pas de timbre sur l'enveloppe. Pas d'adresse de retour non plus. Ce n'est écrit que «Pour Léa». Tu ne trouves pas que c'est intrigant? Peut-être un admirateur secret? Un amoureux?

Jeanne sait qu'elle vient de commettre un impair. Car entre les mots «amoureux» et «Théo», il n'y a qu'un pas mental à faire. Que Léa franchit allègrement, avant d'ouvrir la porte, de prendre la lettre, fébrile, et de déchirer l'enveloppe. Elle cherche une écriture qu'elle connaît, une signature aimée, mais rien de tel ne lui apparaît. Il n'y a que les mots d'un inconnu, un certain William, qui aurait pu s'appeler n'importe comment. Elle s'en fiche, elle n'a rien à faire des autres. De tous les autres.

Léa laisse tomber la lettre au sol. Objet négligeable, s'il en est un. Elle retourne s'effondrer sur son lit, reprend les écouteurs, les remet sur sa tête. Richard Hawley n'attend qu'elle pour lui chanter la pomme. Léa s'apprête à peser sur la touche «Lecture», mais la voix de sa grand-mère stoppe son geste.

La lettre entre les mains, Jeanne en a entrepris la lecture.

Bonjour, Léa,

J'espère que tu vas bien, ainsi que toute ta famille et tes amis, si Dieu le veut. Je ne sais pas si tu accepteras de lire ces mots qui, je l'espère, sauront apaiser ta colère. Parce que je te supplie de lire cette lettre jusqu'au bout, même quand tu sauras qui je suis. Mais avant tout, laisse-moi te dire trois choses importantes.

La première, c'est que je ne suis pas un monstre. Ou un vampire, un loup-garou ou je ne sais quoi encore. En tout cas, je ne suis pas celui que tu penses. Les monstres, c'est plutôt ceux que je chasse. À ma façon. Mais ça, c'est une autre histoire. Il ne faut pas mélanger les choses, pas vrai?

La deuxième chose que je veux te dire, c'est que je devine ta douleur. Et j'en connais un rayon sur le sujet, tu peux me croire. Je vois bien qu'il y a quelque chose qui te torture de l'intérieur. Je sais que c'est ta douleur qui te fait parfois agir de façon… exagérée. Comme si un démon te possédait. C'est pourquoi je te pardonne. Je sais que tu n'aurais pas agi ainsi si ta douleur n'était pas si forte. Et s'il n'y avait pas eu cette méprise, bien sûr. C'est la troisième chose que je voulais te dire.

Si tu ne l'avais pas déjà deviné, je suis celui que tu as agressé au café de la Paix. Je crois qu'il devrait changer de nom, ce café! Parce que ce n'est pas la paix que j'y ai trouvé. Plutôt un beau bouquet d'ecchymoses, de blessures à suturer et un bras cassé! Tu es une redoutable adversaire, Léa Boudreau. Avec tous ces cris, ces cheveux qui tournoient et ces coups qui viennent de partout, c'est comme si le ciel vous tombait sur la tête!

Blague à part, ce n'est pas moi qui ai tué ton chat. Comment pourrais-je faire une chose pareille? Je n'ai fait que prendre sa médaille pour appeler son propriétaire. Mais j'ai manqué de courage et je n'ai pas osé le faire. En fait, pas complètement. J'ai bien parlé à quelqu'un chez toi, mais je n'ai rien dit pour le chat. Quelque chose m'en a empêché. Des souvenirs, des choses de mon passé. Mais encore une fois, c'est une autre histoire.

Je ne suis pas celui que tu crois, Léa. Je ne suis pas un assassin. Je ne suis que maladroit et un peu lâche. Un peu comme tout le monde, pas vrai? Je suis désolé pour ton chat et aussi pour ces autres choses qui te tourmentent. Nous avons chacun nos démons et nous devons tous trouver une façon de les affronter. Je souhaite que tu y arrives très bientôt, si Dieu le veut. Pour ma part, j'y travaille comme je peux. Un peu maladroitement, un peu lâchement. Un peu comme tout le monde, pas vrai?

J'aimerais beaucoup que tu répondes à ma lettre. Tu n'as qu'à l'envoyer à l'adresse qui se trouve au verso de cette page. Le feras-tu ? J'aimerais aussi que tu me remettes mes clés, si tu les as encore. Peux-tu les envoyer à la même adresse, avec ou sans lettre ? Sinon, je demanderai au sergent-détective Constant de les prendre pour moi. Parce que je crois qu'il n'en a pas fini avec moi. Je t'expliquerai.

Entre-temps, je me soigne de tes coups et souhaite que ta paix revienne.

Prends soin de toi, et je ferai de même,

William

P.-S. : *Tu seras sans doute heureuse d'apprendre que j'ai refusé de porter plainte contre toi. Comme le vieil homme que tu as blessé. Au fait, qui était-il ? Le sais-tu ? C'est vrai, tu dois te demander comment j'ai su pour cette histoire. Eh bien, à chaque histoire ses mystères !*

Jeanne a terminé de lire la lettre de William. Léa n'a pas bougé de sa position. Elle a tout entendu, mais n'en pense rien. Cette lettre n'est pas de Théo, alors ça n'a aucune importance. Et Ulysse ne va pas ressusciter pour autant. Elle ne pense surtout pas à écrire à William pour s'excuser. Il n'avait qu'à appeler, ou laisser la médaille où elle était. Comment a-t-il su pour l'affaire de l'homme blessé dans la ruelle ? Elle n'en sait rien et n'en a cure.

Pour sa part, Jeanne trouve tout cela passionnant. D'autant que la lettre lui rappelle le coup de téléphone de celui qui avait trouvé quelque chose mais qui n'avait jamais précisé quoi.

— Ma foi, je crois que j'ai déjà parlé à ce garçon !

Léa ne réagit pas.

— Oui, à bien y penser, j'en suis sûre. C'est lui qui avait besoin d'une amulette. Comme toi, d'ailleurs. Même si je sais que tu ne crois pas aux amulettes, Léa. Et pas à grand-chose d'autre, d'ailleurs. Parce que tu sais, pour que ça marche, il faut y croire !

Léa considère qu'elle n'a pas besoin d'amulette. Elle n'a besoin que de Théo.

———

Pierre est un prince des ruelles. C'est ce qu'affirme chaque boîte, chaque objet qui lui est destiné. Pierre imagine tous ces gens qui le comblent ainsi, sur leur balcon, derrière leur fenêtre. Il envoie parfois la main même s'il n'aperçoit personne, lance des mercis à la volée.

Les gens le voient-ils ? L'entendent-ils ? Pierre est comme le grand prêtre d'un culte secret. Chacun dépose ses offrandes qui disparaissent au matin. On ignore tout du chemin suivi par ces dons, mais une chose semble sûre : ils donnent vie aux créatures qui crient. La preuve, l'un a vu son malaxeur orner l'épaule de l'une. L'autre a reconnu son ancienne collection de poupées dans le cœur d'une autre.

La rumeur s'est répandue, les initiés du culte nouveau se sont multipliés. Dès lors, les cercles ne cessent de s'élargir. On en discute à voix basse, on chuchote son émotion, sa surprise. On découvre le pouvoir des créatures de dire la douleur et l'amour, la colère et l'incompréhension. On raconte même que des sculptures du même genre ont été aperçues dans d'autres villes, d'autres pays. Comme si elles s'étaient multipliées, on ne sait trop comment. Grâce à d'autres prêtres, d'autres adeptes, peut-être. Des voyageurs en parlent, des journaux locaux aussi. Le mystère du culte secret s'étend tout en s'épaississant.

Peu à peu, les créatures deviennent la voix de ceux qui se taisent. Elles crient comme seulement certains osent le faire, parfois. Ceux qui crient pour tous les autres, souvent sans le savoir. Mais leurs mots sont pour tout le monde. De tout le monde. C'est ce que découvrent les citoyens, chacun à leur façon.

Ainsi va la rumeur qui enfle et se répand. Les offrandes se multiplient, les sculptures aussi. C'est la communion du cri qui s'installe. C'est une nouvelle foi en l'être mutant et hurlant. Car après la créature de Dieu, il y a la créature de Pierre.

Le lendemain

Au matin, William remarque une lettre sur la table de la cuisine. Son nom est écrit sur l'enveloppe. Il prend la lettre en espérant que sa mère, attablée devant son café, ne dise rien. Mais ce serait mal la connaître, surtout depuis le tremblement de terre. C'est-à-dire depuis qu'elle se moque de tout, comme une miraculée. Depuis qu'elle raille même son destin.

— Il y avait ça dans la boîte aux lettres, lui apprend sa mère, sans détourner les yeux de son journal. Il n'y a pas de timbre sur l'enveloppe, alors c'est quelqu'un qui est venu la porter directement.

— Tu es très perspicace, bravo.

— Merci, mon fils ! ajoute-t-elle avec ironie, mais cette fois en regardant William avec son regard le plus pénétrant. Laisse-moi continuer. L'écriture sur l'enveloppe est féminine, ça ne trompe pas. Une nouvelle rencontre ? Une petite amie ?

— On ne peut pas dire ça, non.

— Tu es trop modeste! Un vrai Roméo, voilà ce que tu es, mon fils!

— Est-ce que Juliette aurait fait ça à Roméo? demande William en désignant son visage tuméfié avec son bras plâtré.

— C'est donc elle qui t'écrit. Tu sais, parfois, les gens expriment drôlement leur amour.

— Ou leur folie.

— C'est un peu la même chose, tu sais.

William tente de couper court à la conversation en se dirigeant vers sa chambre.

— Au fait! Le sergent-détective Constant a appelé. Il souhaite nous parler, à ton père et moi.

— Il ne lâche pas le morceau, celui-là. Même si le morceau n'est pas le bon.

— Il ne s'intéresserait pas autant à toi si tu apprenais à passer par les portes plutôt que par les fenêtres. Et à ne pas rendre folles les jeunes filles.

— C'est plus fort que moi, tu le sais bien!

— Au moins, tâche de ne pas perdre tes clés chez tes nouvelles amies, ajoute-t-elle en agitant son trousseau devant elle.

William revient sur ses pas pour prendre l'objet. Cette fois, le sourire narquois de sa mère le fâche pour de bon.

— Tu as vraiment le don de dire n'importe quoi!

— Et toi celui de te mettre dans des situations impossibles.

— Je t'ai déjà tout expliqué dix fois ! C'est pourtant simple, non ?

— Non, ce n'est pas simple. Mais c'est vrai que Roméo et Juliette, ce n'est pas simple non plus, comme histoire.

William s'éloigne sans rien ajouter. Parvenu dans sa chambre, il ouvre l'enveloppe qui lui est destinée.

Cher William,

Léa n'étant pas en état de te répondre, c'est moi qui ai décidé de le faire. («Moi» étant sa grand-mère, tu sais, la vieille femme qui t'a entretenu au téléphone à propos d'une amulette et des hasards de la vie qui n'en sont pas. Tu te souviens ? Depuis, j'ai bien compris la raison de ton appel, mais pas tellement pourquoi tu as raccroché si subitement.)

Tout d'abord, laisse-moi te dire que j'ai beaucoup apprécié la sollicitude dont tu as fait preuve dans ta lettre. C'est pourquoi j'ai décidé de t'écrire à la place de Léa. Mais pas seulement pour cette raison. Parce que moi aussi, il y a trois choses que j'aimerais te dire.

La première, c'est que Léa n'est pas une meurtrière en puissance. Ce n'est pas une bête féroce ou un démon ou je ne sais quelle folle furieuse qui se jette sur les gens pour le plaisir de les défigurer. En vérité, tu ne te doutes pas comme elle est douce et sensible et… Tant de mots généreux la décrivent bien, en réalité. Mais tous ces beaux mots la rendent fragile comme du verre. Et c'est toute cassée qu'elle se trouve présentement. En morceaux éparpillés et tranchants. (Tu me pardonnes ces images un peu faciles qui viennent d'une grand-mère qui aime tant sa petite-fille, n'est-ce pas ?)

La deuxième chose que je souhaite te dire, c'est que sa douleur est celle de l'amour. Il y a bien sûr ce Théo, un garçon charmant, si tu veux mon avis, mais un garçon quand même, pour qui l'amour est encore un jeu. Mais ce n'est pas un jeu pour Léa. Pas depuis que sa mère est partie, alors qu'elle était toute petite. Pour Léa, l'amour n'a jamais été un jeu. Pour elle, c'est plutôt un monstre aux mille visages. Un monstre dont elle a besoin, mais qui s'avère toujours être... un monstre. C'est ce dont elle se rend compte lorsqu'il est trop tard pour faire marche arrière, lorsque le mal est fait. Et c'est alors qu'elle s'en prend à elle-même, et aux autres. À tout ce qui lui apparaît monstrueux, en fait, ainsi que son propre corps, ses mots, sa joie. Sans parler des tueurs de chats ! Bien sûr, je sais désormais que tu n'en es pas un. Ta lettre l'a démontré, et ton coup de téléphone avant elle. Léa aussi a compris que tu n'étais pas un monstre. C'est la troisième chose que je voulais te dire.

Cependant, il est vrai que Léa ne me l'a pas dit de vive voix. Elle ne me l'a pas écrit non plus, mais je l'ai su grâce à ses yeux. Car j'ignore si tu étais au courant, mais Léa ne parle plus. Je ne sais pas combien de temps va durer cette situation, mais je sais par contre que c'est une façon pour elle d'exprimer sa souffrance. Je sais aussi que c'est une punition qu'elle s'inflige, comme si elle se rendait responsable de sa rupture avec Théo. Bref, Léa ne parle plus, mais ses yeux ont beaucoup à dire. Parole de grand-mère.

William, je dois avouer que tu as réussi à m'intriguer en évoquant Pierre Marriault dans ta lettre. C'est l'homme que Léa a assommé par… inadvertance. Comment as-tu eu connaissance de cet événement malencontreux? Grâce au sergent-détective Constant, peut-être. J'aimerais bien que tu m'éclaires à ce sujet, moi, grande amatrice de mystère et de magie du destin!

En attendant, soigne bien tes blessures. Y compris celles qui se voient moins bien que les autres et qui, souvent, prennent plus de temps à guérir.

Jeanne Champagne

P.-S. : Tes clés accompagnent cette lettre. Bien sûr, tu n'y trouveras pas la médaille du chat de Léa, qui est désormais accrochée à son porte-clés. Cette médaille l'aidera à cheminer. Pour le reste, je tenterai de faire de mon mieux pour l'aider, même si c'est un peu maladroitement, un peu lâchement. Un peu comme tout le monde, pas vrai?

Le surlendemain

William court de bon matin, mais ce n'est pas pour garder la forme. Il se précipite plutôt vers la source d'un cri, là-bas. Tous muscles dehors, il court vers une nouvelle douleur enregistrée. Sa vélocité détonne dans la ville encore somnolente. Même le son de ses pieds sur l'asphalte et son halètement sonnent faux. Il est un trait sombre lancé dans le matin. Les badauds le remarquent à peine, tant il file. *Ai-je vu quelque chose ?* se demandent quelques-uns. *J'ai dû rêver. Ou halluciner.*

L'objectif du coureur est sonore, alors il s'oriente au son. Mais un son est soumis au vent, aux obstacles, aux résistances les plus diverses, si bien que l'ouïe est souvent leurrée par les aléas de la matière et de l'espace. Néanmoins, William ne se laisse pas décourager par ces difficultés du monde physique. Il s'arrête parfois pour prendre le pouls de l'air, tourne à droite, change d'idée, coupe par une ruelle, un stationnement payant.

Il doit faire vite, parce que les prédateurs naturels des créatures sont rapides. Les policiers ont des voitures, des GPS, et ils connaissent la ville comme leur propre reflet dans le rétroviseur. Ils profitent aussi des délateurs qui pullulent dans la ville. Ceux qui n'aiment pas crier. Ceux qui ont peur de leurs propres monstres. William doit les prendre de vitesse, court-circuiter la chaîne de prédation des créatures hurlantes.

Mais voilà que le cri se fait assourdissant. Le coureur y est presque, il le sait. Il ne reste plus que quelques mètres à parcourir, un coin à tourner, un obstacle à franchir. Puis la voilà, étincelant malgré la pénombre, hurlant :

— Prends-moi dans tes bras ! Allez, s'il te plaît ! Prends-moi dans tes bras ! J'ai tant besoin de toi !

Non loin de là se trouve un refuge pour sans-abri. Quelques-uns sont déjà sortis, encore ensommeillés. Certains considèrent la sculpture avec incrédulité. D'autres ont déjà commencé à se faire l'accolade, avec moult tapes dans le dos. Ils se laissent aller à la fragilité, au sentiment. Ils se disent ainsi qu'ils ne sont pas seuls. Qu'ils tiennent les uns aux autres dans la froidure bétonnée de la ville.

Les sans-abri sont trop loin pour voir le visage encore tuméfié de William. Avec ses ecchymoses, ses points de suture. Deux monstres se font face, en quelque sorte. Et l'un d'eux demande à l'autre de l'enlacer. William sait cependant que le temps lui est compté : le moment n'est pas propice aux effusions sentimentales. Il s'approche donc plus encore de la sculpture, tout en sortant une pince de son sac en dos. Il le fait lentement, comme si le monstre, l'autre, pouvait se rebiffer, s'enfuir. Ou Dieu sait quoi encore.

William s'avance, l'outil devant lui. Sa seule main valide hésite un moment, mais finit par oser. Elle s'introduit dans le corps de la créature, fouille un assemblage inextricable de tripes plastifiées, d'organes métalliques. La sueur coule dans son cou, fruit de sa course folle et de sa fébrilité. Sans compter ce cri assourdissant qui transforme sa tête en tambour battant. Les dents serrées, il explore les entrailles synthétiques de la créature. Jusqu'à ce qu'enfin il trouve les artères de son cœur à électrolytes. En un coup de pince, le cri s'évanouit dans l'espace.

D'autres cris s'élèvent aussitôt. D'indignation, ceux-là. Ce sont les sans-abri qui se détachent les uns des autres. Leur bal de l'étreinte vient de s'interrompre brusquement. Ils voient William une pince à la main et la créature réduite au silence. La déduction va de soi. Certains clochards se dirigent déjà vers William, l'air menaçant. Au loin, des sirènes se font entendre.

— Ce n'est pas ce que vous pensez ! Je ne suis pas là pour la détruire, se défend William.

Trois clochards ont pris position entre la sculpture et lui.

— Tu l'as rendue muette ! lui lance l'un d'eux.

— C'est pour qu'elle ne tombe pas aux mains des policiers. D'ailleurs, ils ne vont pas tarder à arriver.

Les itinérants s'interrogent du regard.

— Et qu'est-ce que tu comptais faire d'elle ? demande un autre.

— Je... J'aimerais la mettre en lieu sûr.

— Où ça ?

— Je ne peux pas le dire...

— Pourquoi ?

— Parce que ce ne serait plus un lieu sûr... Secret, plutôt.

Les sirènes se font de plus en plus audibles. Le temps s'égrène dangereusement, et les sans-abri en sont conscients.

— Bon, d'accord ! Mais tu es mieux de dire vrai, sinon...

— Oui, j'ai compris. Mais le temps presse ! Est-ce que... Est-ce que vous pouvez m'aider à la transporter jusqu'à la ruelle, là-bas ?

— O.K., les gars. On va lui donner un coup de main.

— Serge a raison ! Aidons-le ! N'importe quoi sera mieux que de laisser la sculpture ici, sans défense.

Alors, tous ensemble, ils empoignent la créature et la transportent dans la ruelle indiquée par William. Cela fait, les sans-abri se dispersent dans la nature urbaine. Les policiers sont désormais tout près. Les chances de succès de William sont infinitésimales, mais il est prêt à tenter l'impossible. Après tout, William est un traqueur de monstres, un féru du cri. Pour le meilleur, et aussi pour le pire.

———

Pierre n'a pas vu William réduire sa sculpture au silence, ni la transporter dans la ruelle, aidé par des itinérants. Il était dans un autre quartier, là où ceux qui ont de l'argent sont de plus en plus nombreux. Là où ils rénovent les vieux appartements, sûrs de leur bon goût. C'est pourquoi Pierre a installé une créature à leurs fenêtres, pour leur crier :

— Me voyez-vous ? M'entendez-vous ? Aidez-moi, je vous en supplie !

Cette voix est celle de Violette, une pauvresse du coin. Ce sont les mots qu'elle a hurlés lorsqu'elle n'en pouvait plus de mendier. Et d'être ignorée. Comme si elle n'était qu'une ombre, une créature invisible de la rue. Une autre. Déjà morte, ou presque. Violette se demandait d'ailleurs si elle ne l'était pas déjà, morte, sans s'en rendre compte. Comme un fantôme quémandant l'impossible aux vivants.

C'est pourquoi elle implorait les passants de lui dire s'ils la voyaient, s'ils l'entendaient. S'ils pouvaient l'aider.

Mais elle se butait à des visages fermés. Les pas s'allongeaient pour faire un détour, plus loin. Et puis Violette avait pleuré, de rage et d'impuissance. Pierre l'avait enregistrée, puis lui avait dit :

— Je te vois, moi, Violette. Viens, on va aller manger un morceau.

Elle s'était essuyé les larmes avec une manche déchirée.

— Toi, c'est pas pareil, Pierre. Tu vois tout, tu sais tout.

— Comme le bon Dieu ?

— Oui, c'est ça ! Le bon Dieu ! Alors tu m'emmènes manger au paradis ?

— Non, peut-être pas jusque-là. Mais tu vas pouvoir faire une belle surprise à ceux qui te font pleurer.

— Pourquoi une surprise ? Est-ce qu'ils le méritent ?

— Tu seras le réveille-matin de leur conscience, Violette. Et ça, ils le méritent bien !

Trois jours plus tard, la créature se tenait là où Violette avait hurlé son désespoir. Prête à éclater comme Violette avait éclaté.

———

Léa est assise sur le rebord de la baignoire. Devant elle, sur le lavabo, brille une lame de rasoir. Léa la regarde comme si c'était un objet magique. Une clé magique. Le pouvoir des amulettes ne vaut rien, pas celui des clés. C'est du moins ce qu'elle croit, la jeune fée au devenir incertain. Les clés sont faites pour entrer et pour sortir. C'est si simple : un coup de poignet, et hop ! la porte s'ouvre. Il y a de la lumière de l'autre côté. Plein de lumière. Des rires, aussi. Et aucun souvenir. Que le plaisir de la lumière. Puis la porte se referme, et c'est tout.

Oui, le pouvoir des clés est énorme, pense Léa en contemplant la lame de rasoir. Un coup de poignet et la porte s'ouvre. Léa tend la main, touche le métal, le caresse comme si c'était un animal qu'il faut apprivoiser. Pour qu'il soit doux et compréhensif. Coopératif.

Léa prend la lame de rasoir. Dans ses oreilles résonnent *Les désespérés*, de Jacques Brel. Comme un hymne funéraire. Elle contemple l'objet, le retourne entre ses doigts, l'inspecte pour mieux le connaître, l'aimer.

Soudain, des coups sur la porte de la salle de bain. C'est Jeanne. Léa retire ses écouteurs.

— Tout va bien, Léa ? Écoute, je ne sais pas pourquoi je pense à ça maintenant, mais je me rappelle quand tu t'enfermais dans la salle de bain, lorsque tu étais enfant. Tu en ressortais toute déguisée et maquillée. Et puis, de façon solennelle, tu te mettais à danser pour nous, ton père et moi. De vraies chorégraphies, tu sais, avec des musiques bien choisies. Souvent, je finissais par me joindre à toi. À deux, c'était encore plus amusant. J'essayais de convaincre ton père d'entrer dans la danse, même si je savais qu'il allait rechigner. Mais quand même, il se laissait parfois convaincre. Alors on devenait une troupe à nous tout seuls. Le salon se transformait en salle de spectacle. La musique nous accompagnait, l'émotion nous guidait. T'en souviens-tu, Léa ? Tu te souviens de toute cette joie ?

Face au silence de Léa, et une fois son souvenir épuisé, Jeanne s'éloigne de la salle de bain. Après un moment, Léa prend la lame de rasoir et la range dans le tiroir. Elle se lève, tourne la clé dans la serrure, ouvre la porte de la salle de bain. *C'est vrai que c'est facile*, s'étonne-t-elle. *Un coup de poignet, et hop ! La porte s'ouvre. Et de l'autre côté, oui, il y a plus de lumière.*

———

William traîne derrière lui la créature qu'il a réussi à faire taire. Une voiture de police est passée près de la ruelle où il se trouve, sans s'arrêter. Elle a poursuivi son chemin jusqu'au refuge des sans-abri. Là-bas, les itinérants font les innocents. Ils haussent les épaules, pointent un doigt vague dans différentes directions, mais pas dans celle de William. Les itinérants jouent les imbéciles. Pour ça, c'est facile, ils n'ont qu'à endosser quelques lieux communs les concernant.

Pendant ce temps gagné, William peste contre la lourdeur de la sculpture qu'il trimbale derrière lui. Contre son bras plâtré, également. La sueur perle sur son front. Un peu plus bas sur son visage : des dents serrées, des muscles en saillie. Ses forces s'épuisent rapidement. Il prend conscience de son manque total de planification. Où va-t-il cacher sa prise ? Comment la dissimuler ? *Je ne connais rien à la chasse aux monstres, moi*, se plaint-il à lui-même. Mais en vérité, comment pourrait-il en être autrement ? Il n'existe aucun guide en la matière. Sans compter que William est peut-être le seul chasseur du genre sur la planète.

Soudain, une voiture de police s'engage dans la ruelle. Aussitôt, William bifurque dans une ruelle transversale. Il transporte la créature jusqu'à l'encoignure d'un mur. Lui-même s'adosse contre une porte qui se trouve tout au fond. Il ne lui reste que quelques secondes pour penser vite et bien. Au moins, si c'était le jour des ordures, William pourrait se fondre parmi les détritus. Mais ce n'est pas le bon jour. Et ce n'est pas un bon jour tout court, lui semble-t-il.

Il entend la voiture qui emprunte la ruelle où il se trouve. Le choix s'impose : rester là et se faire prendre, ou tenter de fuir en abandonnant son premier trophée de chasse. La seconde option s'impose. Il se tourne vers la créature pour s'excuser, même s'il sait qu'elle n'a rien à faire de ses états d'âme. Mais il n'a pas le temps de dire quoi que ce soit, parce que la porte derrière lui s'ouvre brusquement. Il risque de tomber à la renverse, mais quelqu'un le retient. William découvre qu'il s'agit de David, le commerçant du Monde pour soi.

— Entre vite ! lui dit-il.

William s'exécute sans se faire prier. La créature le suit, bien qu'elle doive se faire aider un peu.

———

Au même moment, Pierre observe sa sculpture se faire réduire en bouillie. Celle qui a la voix de Violette, installée chez les bien nantis. Est-ce à dire que Pierre a lâché dans la nature deux créatures plutôt qu'une ? Exactement. Avec un système d'explosion à retardement, pour qu'elles puissent tonner en même temps. Rien de bien compliqué, en vérité. Il n'a qu'à laisser un bout de bande vierge avant d'y coucher le cri de sa première sculpture. Un temps de silence suffisant pour qu'il ait le temps de mener à bon port sa seconde création. Pour que leurs cris soient bien synchronisés.

Pierre imagine déjà la ville envahie par des êtres vociférant le jour comme la nuit. Avec des policiers sur les dents, dépassés par les événements. Une ville devenue barbare et hurlante. Et belle et vraie. Avec des millions d'hommes et de femmes qui crient à leur tour, entraînés dans le désordre du son, le plaisir du bruit. Ce serait l'éructation en chœur du cœur de toute la ville. Ah! Pierre rêve en audiorama. C'est un joyeux cauchemar, avec la délivrance de l'âme en prime. Oui, Pierre est un mystique dans son genre. Un gourou de l'épanchement vocal. Un sectaire de l'effusion collective.

En attendant cette aube nouvelle, deux sculptures en même temps, ce n'est quand même pas rien. De son côté, William en a profité à sa façon. Cette innovation lui a permis de gagner du temps sur les policiers, décontenancés par un dédoublement pour ainsi dire monstrueux. Mais Pierre n'a rien vu de ce qu'a fait William. Pour la simple raison qu'il était à son poste d'observation, près de l'autre créature, celle de Violette. Parce que Pierre ne peut pas se dédoubler, lui.

C'est à ce moment qu'il assiste à quelque chose d'unique en son genre. Pour commencer, la voix de Violette éclate au moment prévu. Exactement au même instant, quelques kilomètres plus loin, l'autre créature prend vie elle aussi. Aussitôt, Pierre se rend compte qu'il y est allé un peu fort : la voix de Violette traverse l'air comme un poids lourd lancé à toute vitesse, percutant tout ce qu'il rencontre. Surtout des tympans et des systèmes nerveux, assaillis de toutes parts. Une vraie bombe vocale.

— Me voyez-vous ? M'entendez-vous ? Aidez-moi, je vous en supplie !

« Oui, nous t'entendons, Violette. Ça, tu peux en être sûr ! » lui répond Pierre, mais seulement pour lui-même. Et d'ailleurs, sur la place, les fenêtres commencent déjà à s'ouvrir, les portes aussi. Des têtes font leur apparition avec des yeux gonflés par le sommeil, mais surtout par l'effarement. Des mains sur les oreilles, des cheveux hirsutes.

Quelques secondes de plus, et puis ça y est. Des fenêtres et des portes surgissent des billets. Il n'y en a tout d'abord que quelques-uns, mais ils se démultiplient rapidement. Emportés par le vent, tournoyant dans l'espace, ils forment bientôt une pluie de papier sur la place. C'est une averse nourrie par la culpabilité et la peur. Car si les gens ont reconnu la voix, ils ne voient qu'un monstre effrayant. La femme se serait-elle métamorphosée ? Est-ce une créature vengeresse surgie des enfers de la misère ?

Les billets tombent en tournoyant. La créature hurle dans l'orée du jour. Les gens lancent le contenu de leur portefeuille par la fenêtre pour ne plus entendre leur propre faute. L'indifférence dont ils savent si bien faire preuve. Pour sa part, Pierre rit et se réjouit. Il s'amuse de cet enrichissement gratuit de la rue.

Mais bientôt les forces de l'ordre surviennent. Leurs sirènes ne peuvent rivaliser avec Violette, même si ce n'est qu'une affaire de temps avant que sa voix ne se taise. Et que la pluie de billets ne cesse. Avant que tout ça ne soit plus qu'un mauvais souvenir pour les bons citoyens.

Début août

Léa ne l'a pas repris entre ses doigts, ce petit objet de métal tranchant qui se trouve dans la salle de bain. Ce n'est pas l'envie qui a manqué, cependant. Mais quand ce désir revient à la charge, elle pousse la porte de son enfance. Derrière se trouve toute la lumière nécessaire pour demeurer vivante. Bien sûr, il y a aussi la musique, indispensable comme un casque en temps de guerre. Elle n'oublie pas sa grand-mère, non plus, magicienne du temps présent, danseuse étoile des fonds de cours, des âmes esseulées. Lectrice de correspondances sur le thème des blessures, aussi.

D'ailleurs, Jeanne vient de recevoir une nouvelle lettre de William. C'est ce qu'elle annonce à Léa, ce matin-là.

— Tu sais que j'avais écrit à William, n'est-ce pas ?

Acquiescement de la tête au-dessus de la table de cuisine.

— Eh bien, il m'a répondu. Je peux te lire sa lettre ?

107

Pas d'acquiescement, cette fois, mais pas de dénégation non plus. Jeanne décide d'aller de l'avant.

Chère Jeanne,

Merci pour votre réponse et vos confidences. Je comprends mieux, maintenant, ce qui trouble Léa et rend certaines de ses actions, disons… inattendues. Je comprends aussi qu'il s'agit pour elle d'un terrible moment à passer. Mais je suis sûr que vos dons de magicienne, même si vous affirmez ne pas en être une, font toute la différence.

Vous me demandiez, dans votre lettre, comment j'avais su pour l'accident avec Pierre Marriault. En réalité, je ne connaissais pas le nom de l'homme en question. Le sergent-détective Constant ne me l'avait jamais appris, alors merci pour le renseignement. Pour dire la vérité, j'étais présent lors de l'incident. Par hasard, bien sûr, même si le sergent-détective Constant en doute. Oui, je conviens que c'est une drôle de coïncidence qui m'a fait croiser la route de Léa, deux fois plutôt qu'une. D'abord comme témoin, puis comme victime. Mais encore une fois, c'est le hasard qui a tout fait. À moins que ce soit le destin ?

Vous trouverez avec cette lettre une photographie des créatures que je chasse. Vous en avez sans doute entendu parler, puisqu'elles font maintenant la une des journaux. Mais leur créateur court toujours, la police n'a pas réussi à lui mettre la main dessus. Et si vous voulez mon avis, c'est une bonne chose. Parce que je les trouve importantes, ces sculptures. Elles

ont des choses à dire, comme chacun d'entre nous.
Vous pourrez d'ailleurs entendre l'une d'entre elles
sur le disque qui accompagne cette lettre. Je voulais
partager ce cri avec vous.

Je souhaite à Léa de se remettre rapidement de ses
mésaventures amoureuses. De mon côté, je continue
à soigner mes blessures et à chasser les monstres.
Mais ne le dites pas au sergent-détective Constant,
d'accord ? Je l'ai assez sur le dos comme ça, celui-là.

Toutes mes amitiés,

William

Sa lecture terminée, Jeanne prend le disque
dans l'enveloppe. Elle le place dans le lecteur
de la cuisine, qu'elle met en marche. La pièce
se remplit aussitôt de paroles déchirantes :

— Prends-moi dans tes bras ! Allez, s'il
te plaît ! Prends-moi dans tes bras ! J'ai tant
besoin de toi !

Léa se fige. Quelque chose s'ouvre en elle.
Une autre porte, avec de la lumière derrière.
La chaleur l'envahit, la soulève de sa chaise.
Elle se rend jusqu'à sa grand-mère, puis
l'enlace tendrement. Toutes deux restent
là, longtemps, même après que le cri s'est
éteint. Même lorsque leurs larmes ont cessé de
couler. Léa vient de découvrir que sa solitude,
que sa douleur sont aussi celles des autres. Léa
n'est plus seule.

———

Pierre vient tout juste de rentrer chez lui. Le souffle court, il peut enfin lâcher son chariot qu'il tire depuis le matin. Mais qui n'est pas aussi plein qu'il le souhaiterait. Non pas que la matière à créatures manque, bien au contraire. Plus que jamais, les ruelles lui offrent tout ce dont il a besoin. Même que certaines portes, certains balcons semblent inépuisables. De vraies sources d'où jaillissent des monceaux d'appareils trépassés, disloqués.

Il y trouve encore des petits mots d'encouragement. Il sait maintenant qu'ils lui sont adressés, ces billets de solidarité. C'est si inattendu qu'il ne s'y est pas encore habitué.

Notre cri est le tien.

Pour le maître du bruit de l'âme.

Tu as pris ma voix, je t'en prie, fais-la crier encore !

S'ils te trouvent, nous serons de nouveau muets.

Courage.

Vive le cri !

Ces mots lui font plaisir, bien sûr. Ils sont un baume sur ses muscles endoloris, sa fatigue, son découragement. Surtout depuis qu'il est devenu la bête noire des policiers. Parce que Pierre est désormais traqué comme William traque ses sculptures. Les forces de l'ordre n'en peuvent plus de cette humiliation. « Comment ! » leur lance-t-on sévèrement depuis les hautes sphères du pouvoir. « Vous n'êtes pas foutus d'attraper un vulgaire artiste ? Un... un patenteux de monstres ? Je vous donne dix jours pour le coincer. Et cela vous concerne tout particulièrement, sergent-détective Constant ! »

Conséquence : la rue fourmille de policiers à sa recherche. Pierre se doute bien que des témoins ont donné son signalement. Un portrait-robot a été produit, un profil psychologique aussi, dont il ne connaît pas les termes, mais qu'il devine peu flatteur.

Pour mieux déjouer les agents, Pierre s'est coupé la barbe. Il s'est procuré des perruques et des moustaches postiches, d'autres vêtements, si bien que son apparence change chaque jour. Reste bien sûr la question de son chariot. Ses sculptures y sont habilement dissimulées, mais cette voiture à poignées peut facilement attirer l'attention. Pierre doit donc redoubler de prudence, toujours passer par les ruelles, longer les murs et ne pas perdre de temps.

Voilà pourquoi il est rentré le souffle court à son atelier, en sueur, la moustache décollée, les jambes flageolantes. Dehors, il s'est senti comme un animal pris au piège. Il a dû changer ses plans, faire des détours tant les patrouilles étaient nombreuses. Deux ou trois personnes croisées lui ont semblé louches. Des agents en civil ? Et puis ces cellulaires ? Ces bouches, ces regards qui semblaient parler de lui ? Était-ce seulement son imagination ?

Il doit se calmer, ne plus y penser. Il est maintenant en sécurité. À condition, bien sûr, que personne ne l'ait suivi. Pierre pousse les verrous, installe les lourdes barres métalliques contre la porte. Puis il continue de souffler, en se disant qu'il est devenu trop vieux pour faire le rongeur devant tant de chats.

Pierre sait bien que cette situation ne pourra durer indéfiniment. Mais il sait aussi qu'il a devant lui plusieurs heures pour créer de nouvelles sculptures. Pour montrer des restes d'humanité, pour dire les sursauts de la conscience. Et il ne demande rien de plus.

Les jours suivants

Les choses changent pour William. Il a gagné en expérience dans la chasse aux monstres, ses techniques se sont raffinées. Il n'est plus un simple amateur, un improvisateur de la traque. Sa confiance s'est renforcée, ses sens se sont aiguisés.

Tout d'abord, il s'est trouvé des endroits surélevés auxquels il peut accéder sans trop de difficulté. Des toits de bâtiments, surtout, où son ouïe est mise à contribution. C'est là, le matin, que sa quête débute. Les oreilles sur le qui-vive, les yeux fermés, il fouille les ondes de l'espace, les rumeurs mal syntonisées de la ville. Alors que la noirceur de la nuit se disperse, il tourne sur lui-même en surplombant le monde d'en bas, se fait radar vivant.

Parfois, le soleil levant l'éclabousse d'une lumière jeune et rose. Dans ces cas-là, la créature est en retard. Ce qui veut aussi dire, souvent, qu'elle ne viendra pas seule. Normal, puisque Pierre a besoin de plus de temps lorsqu'il lâche deux sculptures à la fois. Du temps pour mener l'une, puis l'autre, parfois à l'autre bout de la ville. Mais peu importe le temps que prend Pierre : lorsque le cri survient, William entre en jeu. Il tente de déterminer son origine spatiale, tout comme la distance qui l'en sépare. Pour ce faire, il tient compte du vent, des parasites sonores et des obstacles matériels où butent les cris.

Une fois son évaluation achevée, William déploie un plan de la ville devant lui. Il établit son itinéraire, juge des directions à prendre. Mais ce n'est toujours qu'un tracé approximatif : la chasse aux monstres n'est pas une science exacte. William doit aussi se fier à ses sens, son intuition pour parvenir rapidement à destination.

Redescendu au sol, il enfourche un vélo qu'il s'est dégoté pour presque rien. Il traîne une remorque pour transporter et dissimuler ses prises. C'est là qu'il les fait basculer lorsqu'il les trouve. Mais ce n'est pas si simple, parce qu'il doit encore les faire taire, les couvrir d'une bâche, puis quitter les lieux. Tout ça avant l'arrivée des policiers. Et un seul bras valide.

Parfois, les choses se compliquent, la créature ne veut pas se taire. Son mécanisme est plus complexe, ses organes sonores sont protégés par d'ingénieux verrouillages. Car Pierre lui aussi a perfectionné son art, au grand dam des policiers qu'il oblige à frapper plus fort, suer davantage, rager encore. L'effet est maximum lorsque les travailleurs du matin s'attroupent, témoins révoltés de tout cet acharnement. Les voix s'élèvent et se conjuguent alors contre le sort commun, les rêves de bonheur écrasés.

William est donc obligé d'être plus malin, mieux outillé, aussi habile que Pierre. Sans compter qu'il se doit d'être rapide pour être le premier arrivé sur place.

Une fois la créature dans sa remorque, William emprunte les ruelles. Dans ce réseau de traverse, le vélo est plus adapté que la voiture. Des poursuites éventuelles peuvent y tourner à son avantage. Les dos d'âne y sont ses alliés, les camions de livraison aussi. Pourvu que William puisse se faufiler à leurs côtés, longer les murs avec sa remorque, ses nouveaux occupants.

La fin de son périple, c'est Le Monde pour soi. William y frappe à la porte arrière, haletant. David ouvre. Celui-ci l'aide à transporter la créature à l'intérieur. Il faut ensuite dissimuler le vélo, le cacher aux regards inquisiteurs. Une fois la sculpture installée dans l'arrière-boutique, William peut enfin souffler. Une bouteille d'eau à la main, il contemple sa nouvelle prise. À ses côtés, David ne parle pas beaucoup, même si parfois il est plus loquace.

— Je la trouve belle, cette sculpture, lui a-t-il déjà confié.

— Moi, je les trouve toutes belles.

— Elle ressemble à un super-héros avec tout ce métal poli… Qu'est-ce qu'elle criait, au juste?

— «Je suis le maître du monde! Vous ne pouvez rien contre moi, mon esprit est le plus fort!» Puis ses paroles se perdaient dans un raffut épouvantable. Comme… comme si elles étaient étouffées.

— Par une bagarre? Ou une arrestation?

— Peut-être… Oui, ça colle plutôt bien.

Tous deux retournent au silence en contemplant la création de Pierre.

— David, tu ne m'as jamais dit pourquoi tu m'aidais.

— C'est toi qui m'aides, William.

— Je ne comprends pas…

— Tu sais, moi, je n'ai jamais réussi à crier. Je veux dire, un vrai cri, comme celui des créatures. Pourtant, tu ne peux pas savoir comme j'en aurais besoin! À leur façon, les créatures me disent que c'est possible, que c'est nécessaire de crier. Mais pour y arriver, je dois lutter contre la peur qui me retient. Qui me paralyse.

— La peur de crier?

— Non, pas la peur de crier. Comment te dire… Es-tu déjà monté dans des montagnes russes?

— Non, mais ça ne fait rien. Continue.

— Je me souviens très bien de la première fois. J'étais parvenu au plus haut point du manège et le train commençait à m'entraîner vers le bas. J'appréhendais la descente, presque à angle droit, et ça me terrifiait. J'aurais voulu crier comme tous les autres autour de moi, mais la peur m'en empêchait. C'est un peu la même chose aujourd'hui, même si les montagnes russes n'ont plus rien à y voir. Elles ont pris d'autres formes, plus effrayantes, plus vraies. Même chose pour ma peur, qui rend le cri encore plus difficile. Mais je ne perds pas espoir, tu sais. Le travail du poseur de monstres est là pour me rappeler que je pourrais moi aussi y arriver. Il me permet aussi de ne pas oublier ce qui est vraiment essentiel. Même quand c'est hors de portée. Surtout quand c'est hors de portée.

William pense aux créatures qui, chaque jour, lui rappellent sa mémoire pleine de cris. Des cris dont il voudrait tant se décharger, enfin.

— Je crois comprendre, oui…

— Tu vois, moi, ce que je désire vraiment n'est pas, disons… dans l'ordre du possible. C'est pour ça que j'ai besoin du cri. Mais tu m'apportes des sculptures, alors c'est un bon début.

— Cette chose qui n'est pas dans l'ordre du possible, comme tu dis, c'est lié au fait que tu doives partir, non ?

— Oui, tout à fait.

— C'est pour quand, ton départ ?

— Quand je n'aurai plus d'autre choix. Mais ne t'inquiète pas pour tes sculptures, je t'avertirai.

— Je ne m'inquiète pas.

David sourit.

— Bon, je vais aller faire du café. T'en veux ?

Quelques jours plus tard

Léa s'est rendue à l'évidence : elle doit retourner au Monde pour soi. De nouveaux disques lui sont nécessaires pour ne pas sombrer de nouveau dans le souvenir, cet abîme rempli de Lui. Celui dont elle tente d'oublier le nom, en même temps que le visage. Et les mots. Tous ces mots de trop, prononcés dans une parenthèse de vie inutile. Léa doit refaire son stock de mots pour remplacer ceux d'un passé trop bavard. Elle doit trouver de nouvelles musiques qui deviendront le décor inventé de sa mémoire.

Ses pas la conduisent sans encombre jusqu'au commerce de David. Chemin faisant, pas de rencontre inopinée, pas de bris de son lecteur de disques. Pas de chat mort sur le trottoir non plus. Elle ouvre la porte, la referme, tente de repérer David, sans succès. Peut-être derrière un étalage, un rayon ? Elle avance de quelques pas incertains. Mais voilà qu'elle voit apparaître William, sortant de l'arrière-boutique. Le jeune Noir au bras plâtré se fige sur place. Il manque d'échapper la bouteille d'eau qu'il tient à la main. Et de s'enfuir au pas de course. D'ailleurs, il l'aurait fait si Léa n'avait pas semblé aussi déstabilisée. Tous deux se font face, sans un mot, sans un geste. Jusqu'à ce que survienne David, lui aussi sortant de l'arrière-boutique.

— Bonjour, mademoiselle !

— Léa, murmure William, le regard toujours fixé sur celle dont il ignore les intentions.

— Pardon ? dit David.

— Elle s'appelle Léa, répète William.

— Vous vous connaissez ?

— D'une certaine façon, oui. Et d'une façon dont tu ne te doutes pas.

David ne sait comment interpréter les propos de William. Mais il perçoit une tension évidente entre ces deux-là.

— Tu viens chercher des disques ? demande-t-il.

Léa acquiesce, nerveusement.

— Alors je vais…

— Je peux te montrer des sculptures du poseur de monstres, si tu veux !

William a interrompu David. Le silence est revenu dans le commerce. Tous les trois s'interrogent du regard.

— As-tu écouté le disque que je t'ai envoyé ? J'y ai enregistré le cri d'une sculpture.

Léa acquiesce de nouveau. Au souvenir du cri, la crainte fait place à l'émotion.

— Elles sont ici, derrière. Si tu veux…

Léa hésite, ne sait que faire. Elle repense à ce cri qui l'a ébranlée si fortement. Ce cri qui lui a fait reprendre pied pendant quelques instants, comme si elle était momentanément sortie d'elle-même. Assez longtemps pour voir qu'à l'extérieur, il faisait beau malgré tout. Elle se rappelle ces larmes qui, pour une fois, lui ont permis de mieux respirer. Des larmes que Jeanne a partagées avec elle.

Mue par la chaleur de son souvenir, Léa effectue quelques pas, puis d'autres encore. Sous le regard perplexe de David, elle accompagne William dans l'arrière-boutique. Pour la première fois en plusieurs semaines, elle se dirige ailleurs que vers elle-même. Plus précisément vers William et ses créatures hurlantes.

———

William s'est arrêté au milieu des sculptures de Pierre. Six en tout, immobiles, muettes, magnifiques. Elles sont coude à coude dans ce réduit surchargé de disques, de livres. Léa passe de l'une à l'autre afin de mieux les contempler, osant même les toucher d'une main timide. Si William n'était pas là, elle les serrerait certainement dans ses bras pour partager la douleur muette de ses sœurs de cri.

Émerveillée, elle admire des entrailles lumineuses, des gueules béantes, des yeux papillonnants, des bras si délicats. Des cheveux d'or, des jambes à franges, des crânes capitonnés. Léa déambule entre ces créatures miraculées, sauvées de la casse par William. C'est ce qu'elle comprend en le voyant gonflé de fierté, si heureux de partager son secret. Léa sait désormais qu'elle avait eu tout faux : William n'est pas celui qu'elle pensait.

— Tu n'as pas tout vu, ajoute-t-il. Suis-moi.

William emprunte un étroit escalier qui mène au sous-sol. Léa le suit, cette fois sans hésiter. S'ouvre bientôt devant elle un vaste espace aux étagères débordantes de vieux appareils : radios, téléviseurs, caméscopes. Des pièces de toutes sortes, organes usinés extraits de leur corps d'origine, rangés pour être réimplantés, un jour peut-être.

— Tu te trouves au sous-sol d'un ancien atelier de réparation. Le propriétaire a tout laissé lorsqu'il a vendu. Et quand David a ouvert Le Monde pour soi, il n'a touché à rien.

William se tait pour faire durer le suspense. Il ne reprend la parole que lorsque Léa l'interroge du regard.

— Plusieurs pièces qui composent les sculptures et qui leur permettent de crier proviennent d'ici.

Devant l'étonnement de Léa, William poursuit :

— Plusieurs fois par semaine, David approvisionne le poseur de monstres. Et il n'est pas le seul, tu sais.

Léa griffonne dans son calepin : « Qui est-il ? »

— Le poseur de monstres ? Personne ne le sait vraiment. Si tu veux mon avis, c'est mieux comme ça. Le plus longtemps il restera inconnu, le plus longtemps il pourra créer ses sculptures. Et moi les chasser pour éviter leur destruction. C'est la seule façon que j'ai trouvée de l'aider. Tu dois trouver ça étrange…

Léa secoue la tête avec conviction. Non, elle ne trouve pas ça étrange. Elle trouve ça beau.

« Pourquoi tu me montres tout ça ? » écrit-elle ensuite.

— Parce que tu peux m'aider.

« Pourquoi moi ? »

— Tu me dois bien ça, non ? lance-t-il en souriant, lui désignant son plâtre du regard.

Léa est confuse. Elle écrit : « Je m'excuse. Sincèrement. »

— Si tu as lu ma lettre, tu sais que tu es déjà excusée. Alors, es-tu prête à m'aider ?

Léa demande « comment » avec les épaules, les yeux.

— C'est simple, je vais t'expliquer.

———

Pierre est dans la ruelle du Monde pour soi. L'endroit est devenu sa principale source de matière à créatures. Il y trouve invariablement quelque chose à mettre dans son chariot. Avec ce mot d'accompagnement, toujours : « Bonne chance ». Grâce à ce gisement miraculeux, le glanage de Pierre prend moins de temps. Sans compter que la ruelle du Monde pour soi est liée à un ensemble de passages dérobés qu'il connaît mieux que quiconque. Et qui lui permet de rapidement regagner son atelier en cas de besoin.

C'est ce labyrinthe à ciel ouvert que Pierre emprunte ce matin-là. Il retourne chez lui après avoir lâché deux sculptures dans la ville. Mais parvenu derrière le Monde pour soi, Pierre est pris de curiosité. Qui se cache donc derrière cette porte, ces murs muets ? Qui fait preuve d'une telle prodigalité ? Et d'où diable peut bien sortir toute cette matière à créatures ?

N'y tenant plus, il se rend jusqu'à la rue. Il y est en quelques secondes, grâce au trou d'une clôture où il se faufile. Tiens, il ne s'attendait pas à ça : un magasin de disques. Jamais il n'y entrerait, mais il ose quand même s'en approcher. Il contemple la vitrine, puis devine du mouvement à l'intérieur. Il colle son visage sur la vitre, les mains en œillères. Il n'y voit tout d'abord personne. Après tout, il est tôt, le commerce n'a peut-être pas encore ouvert ses portes.

Soudain, il aperçoit un jeune Noir au fond du magasin. Il est sorti de l'arrière-boutique, une bouteille d'eau à la main. Pierre le reconnaît.

C'est l'adolescent qui se trouvait près de sa sculpture, devant l'hôpital. Celui qui s'était sauvé des policiers, sans qu'il sache pourquoi. Mais ce n'est pas tout. Il se remémore ce que lui a appris Serge à propos de celui qui emportait ses créatures pour les sauver.

Le hasard a fait en sorte que Pierre n'a jamais pris William sur le fait. Toujours, il se trouvait auprès d'une autre sculpture. Car désormais, il n'en lâche jamais moins de deux à la fois, parfois trois. Ce qui ne va pas sans risque, bien sûr.

Pierre ne sait pas trop quoi penser. D'un côté, ses créations sont plus efficaces lorsqu'elles sont appréhendées par la police. Parce que la violence qu'elles subissent parle plus fort encore que leur cri. Mais d'un autre côté, l'action du jeune Noir entraîne des effets inattendus qui l'amusent. En fait preuve cette entrevue télévisée avec le sergent-détective Constant :

— Sergent-détective Constant, votre enquête ne semble pas donner les résultats escomptés. Parce que le poseur de monstres court toujours !

— Nous avons raison de croire que ce terroriste…

— Terroriste ! Vous y allez un peu fort, non ?

— Pas du tout ! Le terme est parfaitement juste. Car c'est la sécurité et l'ordre publics qui sont menacés! Donc, nous avons raison de croire que ce terroriste n'agit pas seul. Peut-être même bénéficie-t-il de l'aide de certains éléments de la population, ce qui complique passablement notre enquête.

— Qu'est-ce qui vous permet de croire à une action concertée?

— Parfois, des témoins nous signalent la présence illégale d'une de ces... choses. Arrivés sur place, nos agents constatent qu'elle ne s'y trouve plus.

— Vous voulez dire qu'elle a disparu?

— Je veux plutôt dire qu'on l'a conduite ailleurs.

— À moins qu'elle ne se soit déplacée seule?

— Ce n'est pas impossible, mais j'en doute. Le poseur de monstres, comme on l'appelle, n'est sans doute pas parvenu à ce degré de sophistication technologique en si peu de temps.

— Peut-être est-ce le poseur de monstres qui déplace lui-même ses sculptures après leur forfait?

— C'est peu probable, puisqu'au même moment, une autre de ces « sculptures », comme vous dites, est souvent signalée ailleurs dans la ville.

— Il y aurait donc plusieurs poseurs de monstres?

— Nous n'en sommes pas encore convaincus. En premier lieu parce que les objets délictueux ont la même facture. Mais une chose est sûre, c'est que le criminel reçoit de l'aide.

— Les réseaux sociaux du monde entier se sont emballés face à l'action du poseur de monstres. De plus en plus de gens semblent considérer son action comme légitime. Ne pensez-vous pas qu'une partie de la population puisse ne pas soutenir l'idée que le poseur de monstres est un terroriste ?

— Toute personne qui aide le poseur de monstres, ou qui participe à son action terroriste, peut être arrêtée et jugée pour complicité. Et croyez-moi, le juge Bertin n'y ira pas de main morte. Surtout depuis qu'il a été lui-même la victime du poseur de monstres.

— Parce qu'une de ses sculptures a été retrouvée devant chez lui, n'est-ce pas ?

— C'est juste.

— Et elle criait, je cite : « Je ne veux pas aller en prison ! Je n'ai rien fait de mal ! Je ne suis pas un monstre, je suis innocent ! »

— Oui, c'est exactement cela. Ces paroles auraient été captées à la sortie du palais de justice de la ville, il y a quelques jours à peine.

— Alors on peut dire que l'enquête piétine.

— À voir les efforts de nos agents, le poseur de monstres et ses complices ne resteront pas longtemps impunis. Les résultats seront bientôt là, je vous le garantis.

— Merci, sergent-détective Constant.

Pierre s'amuse de voir le policier dépassé par les événements, et c'est un peu grâce à William. Alors peut-être doit-il une fière chandelle à ce garçon, même s'il comprend mal ses intentions. Pourquoi sauver ses sculptures ? Leur destin est de crier, c'est tout. Tant que le monde sera tel qu'il est, les cris pulluleront. Peu importent les formes qu'ils prendront, ils se feront entendre. Pierre ne sera pas toujours là, eux oui. Dans les manifestations, les cuisines, les écoles, les théâtres. Partout.

Pierre se demande aussi où William transporte ses sculptures. Qu'en fait-il ensuite ? Le vieil homme s'étonne de voir ses créations échapper au sort qu'il leur réserve pour poursuivre leur vie ailleurs, autrement. Il y a là du mystère, et Pierre aime ça.

Soudain, il entend la porte du commerce s'ouvrir. Il n'a pas le temps de se retourner qu'une adolescente y est déjà entrée. Le jeune Noir semble catastrophé lorsqu'il l'aperçoit. Puis c'est David qui sort de l'arrière-boutique et qui s'adresse à elle. Une cliente qui, Pierre ne le sait pas, l'a déjà presque tué. Qui lui a inspiré l'idée des sculptures hurlantes.

Ensuite, William et Léa se rendent dans l'arrière-boutique. Resté seul, David remarque Pierre, le visage collé à la vitre. Il lui adresse un sourire avant d'aller à sa rencontre, ce qui a pour effet de le faire fuir aussitôt. De toute façon, Pierre en a assez vu. Désormais, il sait qui lui fournit toute cette matière à créatures. Un précieux allié qu'il remercie en silence tandis qu'il regagne la ruelle et son chariot.

Le lendemain

Le soleil n'est pas levé, mais Léa est déjà prête. Assise sur les marches devant chez elle, elle attend, les écouteurs sur les oreilles. Pour la protéger des fantômes de la nuit, The Clientele lui chante des amours imaginaires, pleines de mélancolie et de brume. Son vélo n'est pas loin, appuyé contre la clôture. Lui aussi attend l'aventure, qui le mènera Dieu sait où.

Le lever si matinal de Léa a réveillé Jeanne, elle qui a l'oreille fine. Elle lui a demandé où elle s'en allait comme ça, si tôt, mais Léa n'a dit mot. Les cheveux en bataille, les yeux ensommeillés, Jeanne s'est questionnée. Y avait-il lieu de s'inquiéter ? Devait-elle écouter la petite voix qui lui disait : « Ta petite-fille a décidé de sauter. Un saut dans la vie, pas dans la mort, mais un saut qui comporte quand même des risques » ? Finalement, elle lui a simplement dit : « Je t'aime, Léa. »

Léa est sortie, et Jeanne s'est rendue jusqu'à la fenêtre du salon. Elle l'a vue s'asseoir sur les marches et attendre, jusqu'à la venue de ce garçon à la peau noire. Immédiatement, elle a su que c'était le William du collier d'Ulysse, des lettres, de l'amulette. *Beau garçon*, a remarqué Jeanne en apercevant son visage dans la lumière naissante du matin. *Sois prudent avec ma petite-fille, toi*, lui a-t-elle intimé en pensée.

Dehors, Léa avait éteint son lecteur de disques. William lui a demandé si elle était prête. Pour toute réponse, elle a enfourché son vélo. « C'est parti », a-t-il ajouté en prenant les devants. Puis Jeanne, pour elle-même : « Tu as sauté, Léa. Bravo. Et bonne chance. »

———

Ça y est, William et Léa y sont arrivés. Voilà la créature qui se dresse dans le parc du Grand Poète. Au cours de l'heure précédente, Léa a grimpé sur le toit d'un immeuble pour écouter la ville et surprendre l'éveil de la créature. Avec William, elle a ensuite estimé son emplacement, pour ensuite s'élancer à sa recherche. Et voilà qu'après quelques détours et ajustements, elle est là, devant.

— Qui a volé ma langue que je n'entends plus ? Comment faire maintenant, pour crier à l'endroit ? Pour crier bien ?

Ainsi la créature hurle-t-elle les mots du Grand Poète, repris et repris encore pour dénoncer la pauvreté du verbe «dire». Son corps est un condensé de poèmes venus de tous les horizons. Des milliers de pages s'y superposent et s'agitent au vent. Parfois, l'une d'elles s'envole et s'élève, tourbillonne et se perd, avalée par la ville. Sous ces milliers de pages, l'être est nu et vide, ou presque. La poésie est son corps, sa chair. Une fois toutes les feuilles envolées, il n'en restera plus rien. La créature retournera au silence, parce que sans mots, désormais, pour crier.

Léa se tient devant la créature, immobile. Elle a laissé tomber son vélo devant tant de vérité qui la renvoie à elle-même, qui lui parle de son propre silence. De tous ces mots mal dits, mal faits, inutiles, qu'elle refuse. Des mots laids qu'elle aurait voulus beaux. Des mots qui ont besoin d'amour et de poésie pour vivre. Léa contemple son *alter ego* monstrueux, celui qui lui permet de penser, encore une fois, qu'elle n'est pas seule.

De son côté, William ne perd pas de temps. Il farfouille dans la sculpture, cherche les bons fils à sectionner. C'est finalement dans sa tête, disproportionnée, qu'il les découvre. Le mécanisme y est concentré, laissant au papier tout l'espace du corps. Les haut-parleurs sont le socle où est montée la créature, simple structure métallique emplie de poésie frémissante au vent.

Le silence qui s'installe subitement est aussi brutal que le cri lui-même. Une absence de son qui a pour effet de tirer Léa de sa contemplation hypnotique.

— Aide-moi à l'installer dans la remorque, lui demande William.

Ce qu'elle s'empresse de faire. La chose est lourde et encombrante, difficile à manipuler. Léa comprend pourquoi William avait besoin de son aide, surtout avec un seul bras valide. Mais ce n'est pas tout.

— Maintenant, tu vas être mon éclaireuse. Tu vas me devancer en vélo pour t'assurer qu'il n'y a pas de patrouille.

Aussitôt, les deux traqueurs s'enfoncent dans une ruelle. Derrière eux, des sirènes retentissent déjà. Ils doivent faire vite. À chaque intersection des ruelles avec une rue, Léa s'assure que la voie est libre. À deux reprises, elle fait signe à William de s'arrêter. Une fois les patrouilles passées, ils continuent leur route, laissant derrière eux une traînée de poèmes au vent.

C'est ainsi qu'ils parviennent au Monde pour soi. David leur ouvre la porte arrière pour qu'ils puissent y transporter leur prise. Une fois à l'intérieur, Léa est prise d'assaut par d'étranges malaises. Elle éprouve une sorte d'apesanteur, mais aussi un engourdissement, un frémissement qui parcourt tous ses membres. Confuse, elle ressent son abdomen se contracter et se dilater. Et puis il y a ce son qui fait son chemin jusqu'à sa gorge. Ça ressemble à un cri, mais ce n'en est pas un. Non, elle comprend bientôt qu'il s'agit plutôt d'un phénomène dont elle avait oublié l'existence même.

Léa rit. C'est un rire nerveux qui, bientôt, la secoue tout entière. Il est la réponse à ce qu'elle vient de vivre : une folle équipée qui la libère pour un instant de son bagne de l'amour perdu. Léa s'effondre sur une pile de livres, le corps secoué par les soubresauts du rire. William et David constatent tout d'abord avec stupéfaction l'excès de démence hilare de Léa. Mais ils en sont eux aussi bientôt contaminés. Les voilà à leur tour secoués par le rire, ce hurlement joyeux qui les décharge, un moment, de la tyrannie de leurs peurs.

———

Pierre revient chez lui après une matinée mouvementée. Cette fois, il s'en est fallu de peu. Une seconde de plus et Pierre se faisait pincer. Il avait rejoint la ruelle juste à temps : au même moment, les policiers déboulaient sur la place où sa sculpture hurlait. Une seconde de plus et c'en était terminé de cette traque interminable. Pierre aurait été menotté, enfermé, jugé, enfermé de nouveau. Pour longtemps, sûrement. Peut-être pour le reste de ses jours. Une durée inconnue, sur laquelle il ne veut pas trop s'appesantir.

Pierre retourne vers son repaire, nerveux, les jambes en coton. C'est alors qu'un homme surgit de l'ombre et se précipite sur lui. Il tient un objet à la main, court et cylindrique, qu'il agite au-dessus de sa tête. Une arme contondante destinée à le terrasser? Tenue par un ennemi du cri? Un fanatique du silence? Pierre n'a pas le temps de reculer, l'homme est déjà sur lui, les mains agrippées à son paletot.

— Ça y est! Tu as réussi! Nous ne sommes plus seuls!

— Serge, c'est toi?

— Mais qui veux-tu que ce soit?

— Tu m'as fait peur avec ce... journal.

Serge déroule ce qui lui avait semblé être une arme. Il y montre l'image qui s'y trouve en première page. L'image d'une créature, comme l'une de celles fabriquées par Pierre.

— Mais ce n'est pas une de mes sculptures...

— Non. Et elle ne se trouve pas dans notre ville.

— Où alors?

— Partout! Dans toutes les grandes cités du monde! Partout, je te dis! C'est comme... comme une épidémie! Tiens, lis toi-même.

Décontenancé, Pierre prend le quotidien d'un geste mécanique. Comme hésitant, il approche son visage au plus près de la une. Il commence la lecture avec difficulté, les yeux plissés, en regrettant de ne pas avoir emporté ses lunettes.

Un phénomène sans précédent frappe actuellement les grands centres urbains du monde. Des sculptures hurlantes d'êtres humanoïdes pullulent sur les places publiques, les parcs et les grands boulevards pour faire entendre leurs doléances. Considérées comme des œuvres d'art par les uns, des actes terroristes par les autres, ces sculptures sont des créations anonymes qui, pour l'instant, n'ont pas été revendiquées par quelque organisation que ce soit. Ce mouvement semble avoir été amorcé par celui qu'on surnomme désormais le poseur de monstres.

Actif depuis plusieurs mois, rappelons que le poseur de monstres n'a pas encore été appréhendé par les forces de l'ordre, qui le considèrent désormais comme l'ennemi public n° 1. Toute personne possédant des informations pouvant mener à son arrestation est dans l'obligation de les transmettre aux autorités compétentes.

En attendant, les peuples de la planète entière découvrent ces créatures qui surgissent pour frapper les consciences et secouer l'opinion publique...

Pierre en a assez lu. Troublé, il tend le journal à Serge.

— Garde-le, propose l'itinérant. Tu liras la suite plus tard.

Pierre baragouine un merci avant de s'éloigner. Il est comme assommé par ce qu'il vient de lire. Il ne saisit pas encore la portée de ces événements qu'on dit déclenchés par lui. Il retourne vers son atelier avec une seule pensée en tête : dormir. Dormir enfin pour reprendre son souffle.

Mi-août

Plus d'une fois, Léa est retournée à la chasse avec William. Pour elle, c'est devenu un horizon matinal qui lui fait tenir le coup. Elle s'y projette en pensée lorsque le souvenir de Théo devient menaçant. Lorsque les digues de son cœur risquent de céder. La chasse aux monstres lui permet d'oublier pour un moment sa déconfiture amoureuse. De découvrir le cri des autres, aussi. D'être moins seule, même si c'est en compagnie d'éclopés invraisemblables. Et de William, bien sûr, ce partenaire de chasse dont elle partage désormais l'aventure.

Plus d'une fois, Léa et William ont manqué se faire prendre. Comme Pierre, ils doivent ruser et prendre de vitesse les patrouilleurs. À deux reprises ils ont dû abandonner la créature à son triste sort pour être arrivés trop tard sur les lieux du cri. Les policiers y étaient déjà, c'en était fait d'elle.

Plus d'une fois, des projecteurs ont fouillé les ruelles où ils étaient cachés, hors d'haleine, la peur au ventre. Mais la chance est avec eux, car toujours ils réussissent à rejoindre Le Monde pour soi pour y déposer leur nouvelle prise. David les y accueille avec chaleur, bien que l'espace commence à manquer dans son étroite arrière-boutique.

Pour sa part, Jeanne ne sait trop quoi penser des excursions matinales de Léa. Elles font du bien à sa petite-fille, c'est certain, mais Jeanne ignore tout de leur nature exacte. Car bien sûr, Léa ne lui en a rien dit. Pourtant, il y a cette lumière dans ses yeux quand elle revient à la maison. Une sorte d'apaisement. De légèreté. Est-ce l'apesanteur de l'amour? Ce William à la peau noire en est-il à l'origine? Jeanne n'en sait rien et évite les questions qui pourraient, peut-être, briser le charme. Elle se croise plutôt les doigts en souhaitant que cette histoire, quelle qu'elle soit, se termine bien.

De son côté, lorsqu'il ne chasse pas le monstre, William chasse l'information. Il cherche à savoir qui se cache derrière les sculptures qu'il traque. Qui donc leur donne forme et parole? Qui donc prend tant de risques pour partager le cri des autres? William aimerait tant lui parler, lui dire... Il ne sait pas quoi, mais il est convaincu que ce serait un moment important, significatif. Peut-être même pourrait-il l'aider... D'une façon ou d'une autre. Peut-être. Après tout, n'est-il pas devenu lui-même, à sa façon, un bienfaiteur, un gardien du cri?

Bref, William s'est mis en tête de découvrir l'identité du poseur de monstres. Chaque jour, il se rend à la bibliothèque pour y poursuivre ses recherches. Ses premières investigations informatiques ne sont pas concluantes. Mais plutôt que de le rebuter, cela attise sa détermination. Alors, naviguant dans les immensités de la Toile, il multiplie les recherches par mots-clés, les croisements d'informations, il consulte les bases de données. Il suit des pistes bien minces qui se terminent invariablement par un cul-de-sac. William s'échine dans l'univers des hypertextes, des algorithmes et des métamoteurs.

Et puis un jour, alors qu'il n'y croit presque plus, William repère un nom. Il redresse la tête, qui reposait négligemment sur sa main. C'est le nom d'un homme qui fait l'objet d'un entrefilet: Pierre Marriault. C'est un nom qu'il connaît… Mais le nom de qui? *Oui, c'est ça*, se souvient-il subitement! *C'est celui du vagabond assommé par Léa dans la ruelle. Celui qui criait quelques secondes avant de prendre l'amplificateur sur la tête. Quelle coïncidence! Serait-ce possible que…* Vite, William fait imprimer l'article avant que la bibliothèque ne ferme. Son enquête avance, il pourrait le jurer. «Me voilà, Pierre Marriault!» murmure William en sortant de la bibliothèque. «J'arrive!»

Le lendemain

Au matin, après une traque infructueuse, William et Léa rejoignent David au Monde pour soi. William attendait impatiemment ce moment pour dévoiler le fruit de ses découvertes. Près de la caisse, Léa et David se penchent sur l'article qui date d'une bonne vingtaine d'années :

Le géant de la récupération a décidé de se retirer du monde des affaires. C'est ce qu'a annoncé Pierre Marriault, hier, en concluant la vente de Récucycle Inc., l'entreprise qu'il a fondée à une époque où le recyclage n'était encore qu'une réalité balbutiante. L'homme de 45 ans aura grandement contribué au développement de ce secteur en pleine croissance, notamment en mettant au point des procédés de transformation plus efficaces.

Cette transaction de 50 millions de dollars met fin à une brillante carrière d'homme d'affaires, courte mais récompensée par plusieurs prix. Rappelons que l'ingénieur de formation, et artiste à ses heures, s'est présenté l'année dernière comme candidat aux

élections de la ville. Cependant, ses idées radicales,
tant sur le plan écologique que sur le plan social,
lui ont valu une cuisante défaite. Selon Marriault,
cet échec politique a déclenché chez lui une réflexion
qui l'a ultimement mené à vendre son entreprise.
L'homme compte désormais militer autrement pour
défendre les causes qui lui tiennent à cœur.

Léa et David terminent leur lecture en gardant un silence circonspect.

— Alors, qu'en pensez-vous ? demande William, impatient.

C'est David qui se lance, hésitant.

— C'est une belle trouvaille, mais…

— Mais quoi ?

— Rien ne prouve que Pierre Marriault soit notre poseur de monstres.

— Mais tout est là…

— Ce sont des indices intéressants, pas des preuves. L'article date de vingt ans. C'est long, vingt ans, tu sais. Beaucoup de choses peuvent s'être passées entre-temps.

William cherche un appui du côté de Léa, mais celle-ci prend son calepin pour y écrire :

« Ce n'est peut-être pas le même Pierre Marriault. Es-tu sûr qu'il n'y a pas plusieurs personnes qui portent ce nom ? »

— Je n'ai pas encore vérifié… commence-t-il en se renfrognant. Non, mais je vais le faire ! Je vais vous prouver que le poseur de monstres est bien le Pierre Marriault que Léa a assommé ! Ce n'est pas un simple hasard si tout ça est arrivé dans la ruelle. Non, ça ne peut pas être un simple hasard.

Sur ce, William tourne les talons et quitte précipitamment Le Monde pour soi. Peu lui importe ce que peuvent penser Léa et David, il compte bien aller jusqu'au bout de cette piste. Quoi faire d'autre, de toute façon ? C'est la seule piste qu'il tient.

Tout d'abord, les itinérants. Oui, les itinérants savent quelque chose, William y mettrait sa main au feu. Bon, peut-être pas au feu, mais pas loin. Tout près des flammes, disons, pour profiter de leur chaleur. Sur cette pensée, William enfonce la main de son seul bras valide dans la poche de son pantalon : l'été commence déjà à s'étioler, les matins se font frisquets.

———

Pierre a terminé une nouvelle collecte dans les ruelles. Il peine à tirer son chariot, mais ce n'est pas parce qu'il est plein. Il est presque vide, en fait. Et ce n'est pas non plus parce que les gens l'ont abandonné. Non, les ruelles se font aussi généreuses qu'avant. Même que les arrière-cours se prêtent plus que jamais à son entreprise hurlante. Plus d'une fois, on l'a averti de l'approche d'une patrouille. Plus d'une fois, on les a cachés, lui et son chariot, en attendant que le danger soit écarté. Plus d'une fois, on lui a offert quelque chose à manger ou à boire. Et c'est encore plus vrai depuis que l'épidémie de monstres s'est étendue sur toute la surface du globe.

Sans le savoir, Pierre est devenu un héros. Un patriarche de la résistance au silence. Un pourfendeur mythique de l'indifférence. Il a même entendu dire que des équipes de télévision de différents horizons étaient débarquées en ville pour tenter de saisir l'image dudit poseur de monstres. Ce qui a pour conséquence de faire mousser son mystère, de le magnifier ou de le démoniser, c'est selon. En tous les cas, faire de lui quelqu'un d'autre. *Je ne suis qu'un vieil homme. Un vieil homme fatigué*, pense Pierre en halant péniblement son embarcation de ruelle.

Oui, Pierre est épuisé, lessivé par des mois de création effrénée, affaibli par un jeu de cache-cache qui n'en finit plus. C'est pourquoi ses jambes tractent difficilement sa charge de matière à créatures. Et que sa vue se brouille parfois sous le coup de l'effort. Et qu'il a soif, si soif.

Il se demande même si, cette fois, il réussira à rejoindre son atelier. Il doit prendre une pause, boire quelque chose. Pour ce faire, il cache son chariot, puis quitte la ruelle, emprunte une rue pour trouver un café où se désaltérer. Lorsque c'est fait, il y entre, chancelant.

— À boire ! implore-t-il faiblement. De l'eau.

On donne au vieil homme mal en point ce qu'il demande. Et qu'on aimerait bien voir repartir au plus vite. Mais voilà que l'attention de Pierre est attirée par le journal télévisé. Un énorme écran diffuse les nouvelles internationales à haut volume. Le buveur s'immobilise, médusé. Une série d'images de sculptures hurlantes se succèdent promptement. Plusieurs de ces images, tremblantes, syncopées, semblent venir de simples cellulaires et de caméras amateurs.

Les créatures crient dans toutes les langues, sous toutes les latitudes. Parfois devant des monuments historiques bien identifiables, parfois au coin de rues anonymes. Aucune sculpture ne ressemble à une autre. C'est un incroyable défilé de formes métissées, d'objets détournés, de couleurs locales. Un carnaval troublant de la trouvaille contingente. Ces sculptures sont l'expression de la pluralité planétaire, d'imaginaires additionnés, fusionnés. Et pourtant, leur cri est le même. Il est colère, accablement, appel au secours.

Et les créatures ne sont pas seules. Leur appel a été entendu, elles sont rejointes. Elles magnétisent le badaud, l'attirent par leur chant du cœur, le décuplent rapidement en multitudes tapageuses. En foules qui se déchargent du non-dit. Les mots débordent des lèvres comme un vomissement de vérité trop longuement retenue. Les fers du silence tombent, c'est un déchaînement par le cri. Les langues se mêlent et s'enivrent d'espoir dans la grande Babel de l'exaspération.

Mais la libération ne dure pas. Les forces de l'ordre surviennent, silencieuses comme la mort, pour renverser le cri et leurs porteurs, quels qu'ils soient, les frapper, les faire taire. C'est une suite de heurts sourds et aveugles destinés à supprimer les sens, même si c'est au prix de la vie. Parfois, des militaires se mettent de la partie. La répression se fait alors à coups de balles et d'explosifs. Des monstres se font écraser par des appareils blindés. Le carnage se consomme froidement, image après image, pays après pays. C'est une guerre mondiale contre le cri devenu terroriste et lui aussi international.

Pierre n'entend pas les commentaires du journaliste qui parle de prisonniers, de blessés, de morts. Pierre ne veut plus qu'une chose : sortir de là. Ne plus voir ces images qui assassinent l'espérance. Il se demande s'il est vraiment à l'origine de tout ça. De cette traînée de poudre qui soulève les muselés de partout, mais qui les condamne parfois au silence le plus complet et le plus définitif. Est-ce vraiment ce qu'il voulait ? À quel prix ?

Pierre retourne à son chariot. Il ne le sait pas encore, mais plus jamais il ne fera la tournée des ruelles. Et plus jamais ses monstres ne crieront.

Le surlendemain

William entre en trombe au Monde pour soi.

— J'avais raison ! Pierre Marriault est bien le poseur de monstres !

— Tu m'expliques ?

— Attendons Léa. J'ai parlé à sa grand-mère, elle s'en vient.

Quelques minutes plus tard, Léa fait son entrée dans le magasin. Les écouteurs sur les oreilles, elle laisse Nina Simone lui montrer le chemin de la langueur amoureuse. Mais elle les retire bientôt pour pouvoir entendre William.

— Ce matin, je suis retourné au refuge pour itinérants. Vous savez, là où j'ai trouvé ma première créature ? Eh bien, imaginez-vous que je suis tombé sur Serge, un des sans-abri qui m'avaient aidé à la transporter dans une ruelle. « Excusez-moi, je lui dis. Je cherche Pierre.

« — Qui ça, Pierre ?

« — Pierre Marriault.

« Il semble alors bien embarrassé.

«— Je connais personne qui porte ce nom-là, me dit-il.

«L'itinérant se retourne pour s'éloigner, mais je décide de jouer quitte ou double.

«— Je pense que la police sera très intéressée d'apprendre que Pierre Marriault est le poseur de monstres. À moins que vous vouliez m'aider, bien sûr. Parce que je le cherche, voyez-vous, mais pas pour des mauvaises raisons. Je suis plutôt, comment dire… un admirateur.

«Par réflexe, le sans-abri s'assure qu'il n'y a aucune oreille indiscrète autour de nous. Mais il n'y a personne à plusieurs mètres à la ronde.»

— Et alors? demande David, impatient de connaître la suite.

— Alors je lui ai dit que j'emportais les sculptures pour les mettre en lieu sûr et que je voulais rencontrer Pierre Marriault. Je lui ai donné mes coordonnées pour qu'il puisse communiquer avec moi.

— Et tu crois qu'il va accepter de te rencontrer? interroge David.

— Je l'espère, oui.

Léa écrit dans son calepin:

«Croisons-nous les doigts!»

— Tout ça me semble très prometteur, lance David, mais comme sans trop y croire, l'esprit déjà ailleurs.

Il prend une pause, avant de poursuivre.

— De mon côté, j'ai une moins bonne nouvelle à vous annoncer. Je vais mettre en vente Le Monde pour soi dans les prochains jours. Mon départ est pour bientôt, vous savez. Très bientôt. Je ne sais pas quoi vous dire… Je suis désolé.

Le silence s'épand, les regards s'esquivent maladroitement.

Dehors, Serge presse son visage contre la vitre du commerce. Il observe discrètement le trio qui semble ruminer de bien sombres pensées.

———

Ce matin, Pierre n'a pas réussi à sortir de chez lui. Ni le précédent, d'ailleurs. Son corps ne répond plus, son esprit est embrumé par la lassitude. Pierre est fatigué, si fatigué. Il est étendu sur le divan qui lui sert de lit, et la matière à créatures est tout près de lui. Il peut presque la toucher en levant le bras. *Mais à quoi bon ?* se demande-t-il. *Je n'aurai jamais la force d'aller faire crier mes nouvelles sculptures.* Alors Pierre reste là, désœuvré, jusqu'à ce que des coups ébranlent la porte de son atelier. *Ils m'ont enfin trouvé. Ça leur en a pris, du temps !* s'amuse-t-il. Mais la fin du poseur de monstres n'a pas sonné, pas encore, puisqu'il peut bientôt entendre :

— Pierre ! Pierre, c'est Serge ! Je dois te parler, c'est important ! Tu es là, Pierre ?

Le principal intéressé se rend péniblement jusqu'à la porte. Peut-il faire autrement? S'il ne bouge pas, Serge risque d'alerter quelque patrouilleur dans les parages.

— Pierre, il y a des gens qui te cherchent!

Ça, je le sais bien! pense Pierre en longeant un mur, s'aidant des bras pour avancer. *Pour être cherché, je le suis!*

— Ils ont découvert que… qui tu étais!

Pierre parvient à la porte, qu'il ouvre de peine et de misère. Serge est frappé de découvrir son ami dans un tel état.

— Ça va, Pierre? Tu n'as pas l'air bien.

— Non, je ne vais pas très bien. Alors, tu dis qu'on me cherche?

— Oui, un jeune gars noir. Celui dont je t'ai déjà parlé. Il emporte tes monstres, mais pas pour les détruire, juste pour les sauver. C'est ce qu'il m'a dit, en tout cas. Il y a une fille qui l'aide, une fille qui parle pas. Et puis un gars plus vieux, qui a un magasin de disques. Ils veulent te rencontrer. Ils disent qu'ils veulent t'aider.

— Je sais de qui tu parles, Serge. Mais pour m'aider, je crois qu'il est trop tard.

— Qu'est-ce que tu veux dire?

— Entre, tu vas m'expliquer tout ça en détail. Et si ton histoire ressemble à celle que j'imagine, elle pourrait me donner des idées pour la suite des choses.

Plus tard dans la journée, Serge tire le chariot de Pierre. Celui-ci y est couché, caché sous une bâche. Tous deux se rendent jusqu'au Monde pour soi. Une affiche «À vendre» a été installée dans la vitrine. Serge aide Pierre à entrer dans le commerce, où se trouve David, seul.

— Monsieur, je m'appelle Pierre Marriault. Je peux vous parler quelques minutes, s'il vous plaît? En privé.

David reste sans voix. Devant lui se tient le fameux poseur de monstres, recherché dans toute la ville, désormais célèbre dans le monde entier. Un artiste dont personne ne connaît le visage, à l'exception de quelques sans-abri. Un mystère vivant. Un mythe urbain tout ce qu'il y a de plus vrai. David ne l'imaginait pas si vieux, si fatigué, cherchant son souffle, livide, prenant appui sur cet autre homme au regard méfiant. Un itinérant, de toute évidence.

— Oui… bien sûr. Si vous voulez bien vous asseoir, propose David en désignant de la main un fauteuil élimé. Vous tombez bien, vous savez. J'allais fermer, mon dernier client est parti… J'admire votre travail, vous savez…

— J'ai vu que votre commerce était à vendre… monsieur…?

— Bastien, David Bastien. Oui, je dois bientôt partir. Mais vous savez, ce n'est pas un choix fait de gaieté de cœur. C'est plutôt… comment dire, une épreuve qui m'est imposée.

— Si ce qu'on m'a dit est vrai, votre commerce ne contient pas que des disques et des livres, monsieur Bastien.

— Oui, c'est vrai. Mon arrière-boutique est un vrai musée…

— Et paraît-il que vous avez de jeunes amis qui se passionnent pour les êtres hurlants de la ville.

— Oui, William et Léa.

— Alors maintenant, écoutez-moi attentivement, je n'ai plus beaucoup de temps devant moi.

Fin août

Léa et William reviennent bredouilles de la chasse depuis plusieurs jours déjà. Les premières fois, ils ont malgré tout rejoint David au Monde pour soi. Le commerçant ne semblait pas dans son assiette, alors ils n'ont rien dit de la pancarte «À vendre» collée sur la vitrine. Ils n'ont pas parlé non plus de ce qui adviendrait des sculptures une fois le commerce vendu. Mais de toute façon, les deux traqueurs ne veulent pas trop y réfléchir. Ils repoussent l'échéance fatale hors de leurs pensées immédiates.

Bientôt, ils ont décidé d'espacer leurs visites pour ne pas trop importuner David. Qui est de plus en plus absent à lui-même et aux autres. Fatigué. Amaigri. Mais les créatures sont demeurées introuvables. Sans compter que Pierre Marriault n'a donné aucun signe de vie. Déçu, William se demande ce qui arrive au poseur de monstres. Et il n'est pas le seul.

Les médias aussi ont commencé à se questionner sur cette interruption du cri.

Est-ce une trêve? Un abandon? Un coup des services secrets? Le poseur de monstres prépare-t-il une action d'éclat? Pour leur part, les citoyens voient leurs offrandes s'accumuler dans leur arrière-cour, sur leur balcon. Même que les policiers commencent à s'ennuyer. Il faut dire que cogner de bon matin sur quelque créature rencontrée par-ci par-là était devenu, pour certains d'entre eux, une joyeuse habitude.

La ville tout entière semble lentement s'alanguir. Avec la fin de l'été, les fenêtres se ferment. Les cris se font plus privés, intérieurs. Les souffrances aussi. Les rencontres s'amenuisent, de même que le partage de la colère. Alors, sans créatures, c'est pire encore. Plus de cri par procuration, de solidarité hurlante, de miroir de la conscience outrée. La ville s'en retourne à l'automne de sa libération.

Un énième jour de chasse infructueuse, Léa et William décident de rendre visite à David. Arrivés à destination, ils se statufient devant Le Monde pour soi. Une nouvelle pancarte a remplacé la précédente : «Vendu». Et une autre orne désormais la devanture du commerce : «Fermé». Dans la vitrine, des feuilles de journaux déployées empêchent de voir à l'intérieur. D'un pas incertain, William se rend jusqu'à la porte. Comme il le prévoyait, elle est verrouillée. Il retourne vers Léa, restée en retrait, croyant bon d'ajouter :

— C'est fermé.

Mue par un sursaut d'incrédulité, Léa s'approche à son tour de la porte. Elle y frappe quelques coups, puis d'autres encore. Mais pas davantage de réponse. Tous deux contournent ensuite le bâtiment, passent par le trou d'une clôture, cognent à la porte arrière. Cette même porte que David leur ouvrait, il y a quelques jours à peine, pour y faire entrer leurs nouvelles prises. Mais la porte ne s'ouvre pas, David n'est pas là.

— Il va sans doute revenir bientôt, avance William sans trop y croire.

Pour seule réponse, une larme coule sur la joue de Léa. Une larme qui affirme : « Non, il ne reviendra pas. David est parti. »

Dans les jours suivants, William retourne plusieurs fois au Monde pour soi, mais sans plus de succès. Avec cette douloureuse impression que tout cela n'est plus que de l'histoire ancienne. Le traqueur de monstres de la ville n'est plus. Les créatures ont disparu, presque comme si elles n'avaient jamais existé.

En guise de consolation, William peut suivre l'aventure des créatures dans d'autres centres urbains. Les médias sont pleins de ces quasi-androïdes qui hurlent sous différents cieux. C'est une vague qui n'en finit plus de déferler. Un raz-de-marée, plutôt, mais ne laissant que des souvenirs là où il est déjà passé. Et de l'amertume, aussi. Un sentiment d'inachèvement. Parce que la douleur est toujours là. La mémoire de William est toujours aussi pleine de décombres. *Tout ça aura-t-il servi à quelque chose ?* se demande-t-il. *Que vous arrive-t-il, Pierre Marriault ? Et toi, David, où es-tu ?*

De son côté, Léa s'est de nouveau murée en elle-même. Elle n'accompagne plus William dans ses vaines parties de chasse. Elle n'y croit plus. David les a abandonnés, les créatures avec lui. Ce n'était qu'un feu de paille d'espoir, une façon de tromper la douleur. Un détour par l'illusion de partager quelque chose de vrai. *Mais ce qui est vrai ne peut être si éphémère,* pense-t-elle. *Les créatures ne crient plus, ne pleurent plus, moi si.*

Et puis le temps de retourner à la polyvalente est venu. Jeanne a persuadé Léa de s'y rendre la première journée. « Ça va te changer les idées, tu vas voir », lui a-t-elle dit et répété. Mais dès son arrivée à l'école, elle y a croisé Théo, qui ne lui a pas adressé le moindre regard. Elle a aussitôt tourné les talons et n'y a pas remis les pieds.

Depuis, Jeanne fait l'impossible pour la convaincre de ne pas tout abandonner si rapidement. Mais c'est inutile. Léa est redevenue imperméable au monde extérieur à ses propres peurs. Jeanne ose espérer que les choses changeront quand le père de Léa sera de retour, bientôt, même si elle n'y croit pas vraiment.

Entre-temps, elle ne peut se résoudre à rester les bras croisés. Aussi décide-t-elle de téléphoner à William pour lui demander son aide.

— Bonjour, William. C'est Jeanne, la grand-mère de Léa.

— Comment allez-vous ? Et Léa ?

— Je vais bien, merci. Mais Léa beaucoup moins. Elle ne parle pas davantage et elle refuse d'aller à l'école. J'ai tout essayé, je ne sais plus quoi faire. D'ailleurs, je pense que tu es la seule personne qui a réussi à lui faire du bien durant les dernières semaines. Alors, je me demandais si tu ne pouvais pas lui parler…

— Je n'ai rien fait, vous savez. Ce sont les sculptures qui l'aidaient. Nous les trouvions et nous les sauvions. C'était notre quête, notre mission. Mais j'ai encore espoir que le poseur de monstres se manifeste de nouveau. Alors ce sera une occasion à ne pas rater.

— Je comprends. Il faut attendre que la magie se manifeste de nouveau.

— Quelle magie ?

— La magie des créatures. Bien que sans toi, elle ne soit rien.

— Je suis comme Léa, vous savez. Un simple chasseur de monstres.

— Tu ne t'en rends peut-être pas compte, mais sans toi, les monstres ne l'auraient jamais aidée. C'est toi qui as orchestré cette quête. C'est toi qui lui as dévoilé leurs pouvoirs. Tu es un magicien, William. À ta façon.

— Je n'avais jamais vu les choses comme ça…

— Je sais, William, je sais. Et j'espère que tu pourras de nouveau exercer tes pouvoirs pour aider Léa.

Jeanne ne pouvait pas espérer mieux.

Début septembre

De bon matin, William revient de la chasse aux monstres. Bredouille, encore une fois. Au moins, on lui a retiré son plâtre la veille, c'est déjà ça de pris. Sa mère l'intercepte alors qu'il s'apprête à partir pour l'école.

— Tu as encore fait des tiennes, mon fils.

— Que veux-tu dire?

Pour toute réponse, sa mère glisse sur la table de la cuisine un trousseau de clés. William s'avance pour mieux les voir. Et déclarer :

— Ce ne sont pas les miennes.

— Je le sais bien, que ce ne sont pas les tiennes. Et je le sais parce qu'il y avait ce mot qui accompagnait les clés, dans la boîte aux lettres.

La mère de William sort le billet d'une poche de sa robe. Elle le glisse sur la table, sous le nez de son fils, qui s'en empare avidement. *Une lettre de Léa ?* se demande-t-il. Non, ce n'est pas une lettre de Léa. Voilà ce qu'il peut y lire :

William,

Voici les clés du Monde pour soi. Prenez bien soin, Léa et toi, de ses précieux locataires. Ils sont un témoignage de votre quête et des soubresauts du monde.

David

Sans un mot, William se précipite hors de l'appartement. Sa mère demeure interdite, avec une nouvelle insinuation au bord des lèvres.

William court chez Léa. Il court comme lorsqu'il chassait le monstre. Il court avec la joie de lire David et l'avidité de savoir ce qu'il trouvera au Monde pour soi. Mais il court aussi en sachant que David n'y sera pas. Plus jamais. Son billet le dit sans le dire : il est parti pour de bon. Chez Léa, Jeanne ouvre la porte que William assaillait de coups.

— Léa... réussit-il à prononcer entre deux halètements.

Jeanne désigne la chambre de sa petite-fille d'un simple bras levé. William s'y rend en prenant conscience qu'il n'est jamais entré chez Léa. Il a l'impression de violer son intimité, le secret de son silence.

Nouvelle porte, nouveaux coups, en soufflant.

— Léa, c'est William.

Autres coups.

— Je dois te parler... C'est David... Le Monde pour soi. Les sculptures...

Quelques secondes encore, puis la porte s'ouvre enfin. Les contours de Léa se découpent dans la pénombre de la chambre. William devine le désordre qui y règne. Tous ces disques qui jonchent le sol, innombrables. Cette odeur d'humidité, aussi. L'odeur des larmes.

William dresse les clés devant lui, sans rien dire. Son silence est parlant. Bavard, même.

— Viens ! finit-il par dire.

À quoi Léa répond par un mouvement de tête. Tous deux quittent l'appartement en coup de vent.

— Merci, William, murmure Jeanne pour elle-même.

––––––

Pierre est retrouvé chez lui sans vie, quelques jours après son décès. Il est étendu sur le divan de son atelier, ses yeux sont ouverts sur la matière à créatures, toute proche. Prête à prendre vie, encore.

Le sergent-détective Constant balaie l'endroit d'un œil satisfait. Autour de lui, des agents s'activent à relever empreintes et autres preuves incriminantes.

— De toute évidence, le poseur de monstres ne causera plus d'ennuis. Ce fut un brillant adversaire, je dois le reconnaître ! Il nous aura donné du fil à retordre jusqu'à la fin. Mais voilà, c'est fini, il est mort. De cause naturelle, me semble-t-il. Une bonne chose de faite, si vous voulez mon avis.

Mais la satisfaction du sergent-détective Constant est de courte durée. Voilà que survient une collègue dans l'antre de Pierre, feu le terroriste le plus recherché de la ville. Elle semble secouée, mal à l'aise.

— Sergent-détective Constant, la mort de Pierre Marriault a été annoncée il y a déjà quelques heures…

— Oui, je sais. L'information a filtré, je ne sais trop comment. Peut-être par l'un de ses complices.

— Peut-être, oui… Une chose est sûre, les choses ont évolué depuis cette annonce…

— Que voulez-vous dire?

— De nouvelles sculptures sont apparues.

— Comment, de nouvelles sculptures?

— Plusieurs ont été signalées, un peu partout dans la ville. Ça hurle de partout, vous savez. On pense que c'est peut-être une sorte d'hommage rendu à Pierre Marriault.

— Un hommage! lance le sergent-détective Constant presque en s'étouffant. Que me racontez-vous là?

— Il y a autre chose… Voyez-vous… Euh…

— Dites-le, bon sang!

— Certaines de ces sculptures…

— Oui?

— … marchent.

Le sergent-détective Constant est au bord de l'apoplexie.

— Pardon?

— Oui, elles se déplacent seules. On pense que de nouveaux poseurs de monstres possèdent des habiletés que n'avait pas Pierre Marriault. Leurs créatures ont… évolué, si je peux m'exprimer ainsi.

— Évolué…

Décontenancé, le sergent-détective Constant s'assoit sur le bras du divan où Pierre repose encore.

— Où s'en va le monde, je vous le demande. Où s'en va le monde…

Sur les lèvres de Pierre, on croirait presque voir un sourire.

———

Léa et William sont immobiles devant Le Monde pour soi. Mais ce n'est plus Le Monde pour soi. Tout d'abord, le nom lui-même a changé. Il s'est pluralisé : Le Monde pour tous. Et puis le reste. Tout ce que les vitrines laissent voir. Exit les lourdes étagères de disques et de livres. Exit le comptoir et sa caisse, les affiches, les objets accumulés au fil des ans. À leur place, Léa et William découvrent l'impossible. Un impossible qu'ils veulent contempler de plus près, comme pour s'assurer qu'ils ne sont pas victimes d'une illusion. D'un mirage, qui sait.

Alors ils vont faire tourner la clé dans la serrure. La porte s'ouvre pour laisser passer les nouveaux venus. Le choc de l'évidence leur soutire un cri d'étonnement. Les créatures sont là, dressées dans la lumière, étincelantes. Sorties de l'arrière-boutique, encadrées par des murs blancs, elles se déploient comme une jacquerie de gueux prête à déferler. Et à hurler.

Léa et William avancent encore de quelques pas pour les toucher, s'assurer qu'elles sont bien réelles. Les deux visiteurs progressent encore, bouche bée, comme s'ils les voyaient pour la toute première fois. Comme s'ils observaient des acteurs transfigurés par les feux de la rampe, encore plus monstrueux, improbables, et pourtant éclatants de vérité.

Léa et William se rendent jusqu'au fond du Monde pour tous, où se trouvait il y a peu la caisse de David. Sa place. S'y dresse désormais une sculpture qu'ils n'ont jamais vue. Une créature au corps noirci, rongé par la morsure du feu, boursouflé par le mal. Mais son visage est serein, épargné par la douleur.

— C'est David, affirme simplement William.

Léa acquiesce. Ils le savent, c'est tout.

La sculpture tient une lettre à la main. William la prend. Aussitôt, la créature se met à crier :

— Adieu, mes amis !

En boucle. Trois mots qui libèrent David de sa douleur. Trois mots qui se répètent pendant un moment d'éternité.

— La lettre est pour nous, annonce William une fois le cri dissipé.

En effet, il peut lire sur l'enveloppe : « Pour William et Léa ».

— Es-tu prête à la lire ? Es-tu prête pour la suite des choses ?

Léa se tourne vers William, le regard plein d'une détermination farouche. Rien en elle n'hésite alors. Ni ses poumons, sa gorge, sa bouche. C'est même d'une facilité déconcertante. C'est l'évidence du son et du sens mis ensemble. C'est l'affirmation de la parole, la clarté du verbe. Léa est de nouveau entière et vivante. Oh oui, Léa est prête ! Elle le sait, elle le sent. Pour David, pour William. Pour elle-même. Elle est prête pour l'aventure. Et les hasards de l'inconnu, peu importe la forme qu'ils prendront. Même monstrueux. Même douloureux.

— Oui.

Un mot, un seul mot qui libère enfin Léa de son silence.

William et Léa,

Ceci n'est pas une lettre d'adieux. Mes adieux, ils ne sont pas non plus dans les mots que j'aurais été bien incapable de vous dire. Mes adieux, ils sont tout autour de vous. Ils sont dans ces murs, ces sculptures, cette lumière qui permet de mieux les voir. Ils sont ce qui vous reste de moi.

Mais ces adieux sont aussi ceux de Pierre Marriault, qui est venu me voir quelques jours avant mon départ. (William, tu seras heureux d'apprendre qu'il est bien celui que tu pensais!) C'était un homme en fin de vie qui voulait vous faire don de ses œuvres, celles que vous aimiez tant. Des sculptures que vous pourrez continuer d'aimer aussi longtemps que vous le voudrez, pour la simple raison que c'est à vous, William et Léa, qu'appartient désormais la galerie Le Monde pour tous.

La galerie sera gérée par la fondation Pierre Marriault, qui vient tout juste d'être créée, mais c'est à vous que reviendra la tâche de la faire connaître et de la raconter. Après tout, n'est-ce pas vous deux qui avez créé cette magnifique collection de monstres? Mes amis, le monde entier aura bientôt les yeux rivés sur vous. Parce que cette galerie, c'est l'histoire du monde en train de s'écrire. C'est aussi notre histoire, à vous et à moi.

Le notaire de la fondation devrait communiquer avec vous dans les prochains jours pour régler quelques questions administratives. Mais ne vous inquiétez pas pour tout ce qui est à venir, vous serez bien entourés. Pierre Marriault s'en est assuré. Il ne vous fera pas faux bond, même de là où il est.

Mes amis, je vous souhaite tout le bonheur qui vous revient. Vous avez été mon courage, ma lumière. William, ta détermination aura été un modèle. Si bien que je ne doute aucunement que tu sauras rapidement mettre au pas tes mauvais souvenirs. Léa, ton silence a su me parler bien davantage que de longs discours médicaux sur le mal qui me ronge. Et qui finira par avoir ma peau. Mais la parole te reviendra, l'amour aussi, j'en suis convaincu. Les créatures t'y aideront. Sans parler de William, bien sûr.

Je dois maintenant déposer cette plume. Le soleil se couche là où je suis, un lieu magnifique que William connaît bien. Un lieu aux événements terribles, mais où l'espoir renaît toujours grâce à un sourire, un rêve, une belle histoire. J'y suis venu voir ce qui demeure toujours malgré le malheur et la souffrance. Ce qui demeure malgré tout. Et j'y suis venu en homme libre, car la peur m'a quitté pour de bon. Et si l'horizon devant moi ne me fait plus peur, c'est parce que vous êtes devenus mon souvenir et ma voix. Non, mieux : mon cri.

David

OUVRAGE RÉALISÉ PAR
LUC JACQUES, TYPOGRAPHE
ACHEVÉ D'IMPRIMER
EN AOÛT 2012
SUR LES PRESSES
DE MARQUIS IMPRIMEUR
POUR LE COMPTE DE
LEMÉAC ÉDITEUR, MONTRÉAL

DÉPÔT LÉGAL
1re ÉDITION : 3e TRIMESTRE 2012
(ÉD. 01 / IMP. 01)